Georg Büchner
WOYZECK

Georg Büchner
WOYZECK
and other Writings

Edited by Henry J. Schmidt
OHIO STATE UNIVERSITY

Suhrkamp/Insel
Publishers Boston, Inc.

Under the Editorship of

SIGRID BAUSCHINGER
University of Massachusetts, Amherst

JEFFREY L. SAMMONS
Yale University

MARIA TATAR
Harvard University

Library of Congress Cataloging in Publication Data
Büchner, Georg, 1813-1837.
   Woyzeck.
   Text in German; extensive notes in English.
   Includes bibliographical references.
   I. Schmidt, Henry J.   II. Title.
PT1828.B6A745 1982   832'.7   82-5493.
ISBN 3-518-03051-5   AACR2

COPYRIGHT © 1982 by Suhrkamp/Insel Publishers Boston, Inc.
All rights reserved
No part of this publication may be reproduced, stored in a retrieval system or transmitted, in any form or by any means, electronic, mechanical, photocopying, recording, or otherwise, without the prior written permission of the publisher.

LC-number 82-5493
ISBN 3-518-03051-5   Printed in the USA

Contents

Introduction vii
A Note on the Text xiii

Woyzeck 1
Büchner on Society and Politics 31
Excerpts from Büchner's Letters 33
Excerpts from *Der Hessische Landbote* 39
Büchner on Aesthetics 45
Excerpt from Büchner's *Lenz* 47

Vocabulary 49

Introduction

When Georg Büchner died at the age of twenty-three, he was employed as a lecturer of comparative anatomy at the University of Zürich, Switzerland. His qualifications for the position included a doctoral dissertation in French about the nervous system of fish and a well-received inaugural address entitled "On Cranial Nerves." Older colleagues in anatomy and medicine predicted a brilliant future for Dr. Büchner. But despite his success, he really would have preferred to teach philosophy, for which he had already made extensive preparations. Meanwhile, the civil authorities in his hometown of Darmstadt in the Grandduchy of Hesse were far less favorably disposed toward him, having in fact issued a warrant for his arrest. They considered him a dangerous political radical who had helped write and distribute an inflammatory pamphlet called *Der Hessische Landbote* and who had founded subversive organizations in Darmstadt and Giessen. Yet none of these activities figures as the basis of Büchner's international renown, which rests instead on four literary works, written in less than two years, filling a mere one hundred fifty pages of text. At first glance, then, his life resembles his last play, *Woyzeck*: fragmented, incomplete, unclassifiable in conventional terms.

Upon closer analysis, Büchner's preoccupation with natural science, philosophy, politics, and literature reveals itself to be neither superhuman nor dilletantish. The facts of his life are these: born on October 17, 1813 to Ernst and Louise Büchner, he attended school in Darmstadt. In 1831 he enrolled at the University of Strasbourg (Strassburg) to study medicine, his father's profession. In Strasbourg he left Hessian provincialism behind and entered a rich intellectual environment, a melting pot of French and German culture. At the time, the city was in political ferment—the aftermath of the revolution in 1830 that had elevated the "citizen-king" Louis Philippe to the French throne. Büchner met regularly with fellow-students to discuss current conditions in France and Germany; his letters dating from this period express his outrage against social inequity and injustice prevailing both within those German states that had not yet evolved beyond feudalism and within the more liberal constitutional monarchies. After two years in Strasbourg, he was obliged by law to continue his studies at a Hessian university. The transfer forced him to separate from Wilhelmine (Minna) Jaeglé, his landlord's daughter, to whom he later became engaged. The University of Giessen and its surroundings made him all the more miserable, and at one point he was compelled to return to his parents' home in Darmstadt to recover from an attack of meningitis. Back in

Giessen early in 1834, he met Friedrich Ludwig Weidig, a school principal and pastor, who had been active in illegal political activities since approximately 1814 and had established extensive contacts to Hessian radicals and liberals. Together they produced *Der Hessische Landbote*, a pamphlet combining hard economic statistics, brilliant irony, and Biblical pathos to arouse peasants and workers to rebel against their autocratic rulers. In addition, Büchner founded a clandestine group called "Die Gesellschaft der Menschenrechte" to plan strategy for an eventual revolution. While the *Landbote* was being distributed, the police intervened. Büchner's room was searched, one of his friends was arrested, and Weidig was transferred to a remote village. In September Büchner returned once again to Darmstadt, where he spent much of the winter reading histories of the French Revolution and then wrote, in about five weeks, the full-length drama *Dantons Tod*. With the help of his younger brother Wilhelm, he managed to complete the play while giving his parents the impression that he was immersed in his medical studies (a deceptive tactic that frequently appears in his extant letters to his parents). Through the publication of *Dantons Tod* he hoped to acquire enough money to escape the Hessian authorities, who were continuing their investigation of the Büchner/Weidig circle of conspirators. He sent the manuscript to Karl Gutzkow (1811-1878), a liberal author and editor, asking for his recommendation, but Büchner's fear of imminent arrest drove him to flee to Strasbourg in March 1835 without waiting for Gutzkow's reply. During the next eighteen months he prepared his dissertation, wrote lengthy analyses of philosophical texts by René Descartes and Baruch Spinoza, and—again for financial reasons—undertook several literary projects. Besides translating two dramas by Victor Hugo, he produced the prose fragment *Lenz*, which depicts the mental deterioration of the "Sturm und Drang" (Storm and Stress) playwright Jakob Michael Reinhold Lenz. When a competition was announced for "the best German comedy," Büchner wrote and submitted *Leonce und Lena*, but he missed the deadline and the play was returned to him unread. In November 1836 he began teaching at the University of Zürich, illustrating his lectures on the comparative anatomy of fish and amphibians with laboratory preparations of his own devising. He found the time to write the drafts of *Woyzeck* and possibly of an additional drama, now lost, on the Italian satirist Pietro Aretino. Small wonder indeed that he was often ill from overwork. In January 1837 he contracted typhus and died on February 19 . . . four days before Weidig, who had been arrested and tortured, committed suicide in his prison cell.

Although Büchner failed to witness a political revolution in his homeland, he created a fourfold revolution in literature. Each of his works breaks new ground in its respective genre. While the theme of

Dantons Tod is historical—the ideological confrontation between two leaders of the French Revolution, Georges Danton and Maximilien Robespierre—the drama's focal point appears to be Danton's question, "Was ist das, was in uns hurt, lügt, stiehlt und mordet?"[1] For Büchner, the question encompasses politics, philosophy, and science. Why did a revolution of the masses end by destroying itself? Can the idea of a God coexist with imperfection and pain? What is the organic basis of human behavior? In his opinion, the lack of answers to these questions undermines the legitimacy of idealist philosophies that preach in the abstract how things ought to be. Instead of escaping into formulas, he relied on the rigor of scientific observation, tracing the evolution of the nervous system, participating in the "social experiment" of *Der Hessische Landbote*, and reproducing in his literary works a remarkable spectrum of human experience. To accommodate these shifting perspectives, *Dantons Tod* forsakes classical coherence for episodic contrast more drastic than in Shakespeare's plays. Intensely theatrical mass scenes alternate with scenes of lyrical intimacy; public debates on the goals of the Revolution stand next to scenes in which individuals relish love's fulfillment or mourn its loss, despair of their ideals, speak their fear of death. As themes, settings, and characters vary, so does the tone—from bombastic Revolutionary pathos to witty cynicism, from artless innocence to the language of the gutter.

Dantons Tod, Lenz, and *Woyzeck* can be classified as "documentary literature," since Büchner, seeking to diminish the gap between reality and art, incorporated portions of his sources directly into these works. In the case of *Lenz,* he relied primarily on the diary of Pastor Johann Friedrich Oberlin, with whom the deranged poet lived for several months in 1778. While Oberlin was able to register only surface phenomena, Büchner describes Lenz's anxieties and hallucinations with such depth of understanding that his *Novelle* has been acclaimed as a remarkably accurate study of schizophrenic psychosis. Breaking with tradition, as he would again in *Woyzeck,* he depicts an outsider, a "hopeless case," without resorting to moral value-judgments or to sentimentality, which debases its subject.

Lenz's insanity is an extreme symptom of alienation, arising from lost love and disappointment in his work—his dramas were too far ahead of their time to be acceptable to his contemporaries. In *Leonce und Lena,* alienation appears in the radically different guise of a Romantic comedy, whose theme, in a word, is boredom. Prince Leonce is trapped in the vicious circle of the endlessly introspective mind, unable to focus upon meaningful action, seeing life only as an insubstantial series of images in a narrow room of mirrors. The play is constructed in such a way

---

[1] Anticipated in Büchner's letter to Minna Jaeglé in March 1834, but without the word "hurt"; see p. 36.

that the triumph of true love at its conclusion may ironically be the ultimate self-deluding fantasy. Here, as in Büchner's other works, the process of self-questioning leads to no clear-cut resolution. *Woyzeck* has been called German literature's first proletarian tragedy. Its only literary antecedents appear to be J.M.R. Lenz's *Der Hofmeister* (1774) and *Die Soldaten* (1776) — loosely structured dramas that demonstrate how poverty, rigid moral codes, and class prejudice affect social behavior, transforming human beings into caricatures of themselves. Like *Dantons Tod* and *Lenz*, *Woyzeck* is not a piece of freely invented fiction. It is based on three case histories of impoverished former soldiers who murdered their lovers. One of the three was named Johann Christian Woyzeck, born in Leipzig in 1780, an itinerant wigmaker, barber, and engraver, who served for several years in various military regiments but who today would be classified as chronically unemployed. After returning to Leipzig in 1818, often unable to pay his rent, he began an affair with a Mrs. Woost, the widow of a surgeon. Jealous of her relationships with other men, he abused her physically and in June 1821 stabbed her to death. After his arrest, a controversy arose over his soundness of mind and his legal accountability for his act, a debate that centered on the reports published by J.C.A. Clarus, Woyzeck's medical examiner. Ultimately the crime was judged to be premeditated, appeals for clemency were denied, and on August 27, 1824, Woyzeck was beheaded in a public square filled with onlookers.

Was Woyzeck's deed a result of moral degeneration, of antisocial irresponsibility, as Dr. Clarus claimed? Büchner's dramatization of this tragic event calls to account those who help create the conditions a Woyzeck must endure. Writing to his parents (see p. 35), Büchner declared his hatred of "die, *welche verachten*" — those who look down on anyone with less education, self-discipline, or even physical strength. Such "Verächter, Spötter, und Hochmütige" are caricatured in *Woyzeck*'s Captain, Doctor, and Drum Major. Woyzeck is taunted for having a child out of wedlock, is forced to subsist on a diet of peas for the sake of a bizarre laboratory experiment, and is physically humiliated by his powerful rival. Yet Büchner's sympathy for the downtrodden did not express itself as maudlin pity, which is merely another form of arrogance. He attempts to bring Woyzeck and Marie to life "ohne etwas vom Äußeren hinein zu kopieren" (see p. 48); that is, without editorializing, as an exercise in empirical observation. *Woyzeck* thereby continues the line of questioning pursued in *Dantons Tod*: why do the poor kill each other instead of their oppressors? What causes a man like Woyzeck to suffer from hallucinations, why is Marie unfaithful to him? Conventional distinctions between normal and deviant behavior are useless here, as Büchner had previously shown in *Lenz* and in the figure of the young prostitute Marion in *Dantons Tod*. Marion describes her totally uninhibited sexuality as pleasure—the same pleasure one might also derive from seeing a crucifix, a flower, or a toy. *Woyzeck*'s Marie is as radically amoral when she succumbs to the Drum Major: "Meintwegen. Es ist alles eins." When he contemplated the "materielles Elend" of the masses, Büchner did not overlook sexual repression.

Woyzeck's structure is as unconventional as Büchner's treatment of character and plot. The many brief scenes do not form a unified architectural whole, as in classical drama, but they present instead snapshots of reality, slices-of-life, linked less to each other than to the central theme: Woyzeck and his environment. Rather than being led smoothly from event to event, we are compelled to provide our own transitions, to think each action through to its possible conclusions. As in *Dantons Tod*, satiric, tragic, grotesquely comic, intimate, and "public" moments alternate with unexpected suddenness. The action centering on Woyzeck and Marie is occasionally interrupted by figures that appear to be commenting on their situation: the carnival barker at the fair, the journeyman at the inn, the grandmother who tells a fairy tale. One should not be tempted to single out any one of these as the ultimate key to the play, because each constitutes but one "Möglichkeit des Daseins," a fleeting insight among many seemingly random, often contradictory impressions.

Fragmentation and contrast characterize the language of *Woyzeck* as well, created in the spirit of Martin Luther's famous prescription for an effective Bible translation: "man muß die Mutter im Hause, die Kinder auf der Gasse, den gemeinen Mann auf dem Markt . . . auf das Maul sehen, wie sie reden." Büchner's figures appear to be utterly spontaneous; language often merges with gesture and exclamation. When Woyzeck is agitated, he stammers, seizing first on the concept, then only gradually arranging his thoughts into a sentence: "Wir arme Leut. Sehn Sie, Herr Hauptmann, Geld, Geld. Wer kein Geld hat. Da setz einmal seinsgleichen auf die Moral in die Welt." When mere words are inadequate, the figures sing folk songs, which are often eloquent extensions of their thoughts. Woyzeck's condition is rendered all the more poignant because those around him are generally unable to communicate effectively but tend to talk past each other, preoccupied only with themselves. He therefore suffers in a vacuum—even his friend Andres seems blissfully indifferent to his troubles. Society itself no longer appears as an enlightened collective order that exists for the good of all, but it has decayed into alienated fragments of self-gratification, narrow-mindedness, and petty cruelty, wherein only one significant distinction exists: between the "arme Leut" and the others.

For decades after Büchner's death, his works were largely ignored, untimely as they were especially during the period of political conservatism after 1848. *Woyzeck* did not appear in an edition of Büchner's collected works until 1879. Shortly thereafter, leftist groups seeking to establish a proletarian cultural heritage began to call for the performance of dramas of a "revolutionary spirit" such as Büchner's. The affinity between him and German Naturalism was self-evident; Gerhart Hauptmann himself claimed to have begun a "heroic cult" dedicated to Büchner's genius. After the turn of the century, innovations in stage technique made it possible to produce successfully such episodic dramas as *Dantons Tod* (premiere in 1902) and *Woyzeck* (premiere in 1913). Between 1910 and 1933, there were more than two hundred different productions of Büchner's three plays, establishing them as staples in the dramatic repertoire. Büchner's popularity was not limited to a particular literary "-ism." He was lauded by such diverse writers as Frank Wedekind, Georg Heym, Rainer Marie Rilke, and Bertolt Brecht—respectively as a satirist, a poet "whose heart is torn," a poet of cosmic despair, and as one of the few true realists of the nineteenth century. These varying impressions prefigure Büchner's widespread influence on modern European literature: he has been claimed as a forerunner of Brechtian epic theater, contemporary historical and documentary drama, the sociopolitical "Volksstück," the Theater of the Absurd, and the psychological "Novelle." Today his name is linked to West Germany's most prestigious literary award—Max Frisch, Paul Celan, Hans Magnus Enzensberger, Günter Grass, Heinrich Böll, and Christa Wolf are among the recipients of the "Georg-Büchner-Preis."

Audiences outside German-speaking countries often first encounter Büchner through Alban Berg's opera, *Wozzeck*. (The discrepancy in spelling originated with *Woyzeck*'s first editor, who misread the protagonist's name.) A student of Arnold Schoenberg, Berg decided to set the play to music after attending a performance in 1914. He arranged the work into three acts of five scenes each and, capturing its fluctuating moods with remarkable virtuosity and formal control, transformed *Woyzeck* into a tour de force of Expressionist atonality. The opera placed such technical demands on singers and musicians that one hundred thirty-seven rehearsals were necessary before its premiere in December 1925. It is now regarded as one of the few masterpieces of twentieth-century opera.

A Note on the Text[2]

Büchner did not succeed in completing *Woyzeck* before the onset of his fatal illness. Four drafts of the play have survived, containing groups of scenes and scene fragments, some apparently written in such haste that numerous passages are nearly illegible. The final draft is clearly a revision of earlier attempts, and it therefore must take precedence over them when one attempts to reconstruct the play without seriously violating the author's intentions. Büchner's revision begins with "Freies Feld. Die Stadt in der Ferne" and breaks off after "Kaserne" (Scene 17).[3] Traditionally the scenes from the first draft beginning with "Marie mit Mädchen vor der Haustür" through "Gerichtsdiener. Barbier. . . ." — the "murder-complex" — are added at this point. The ending nevertheless remains inconclusive: does Woyzeck drown in the pond (as he does in Berg's opera), or does he return? Is he, like the real Woyzeck, arrested and brought to trial? The "Gerichtsdiener" fragment might seem to imply this, but it is doubtful that Woyzeck and the "Barbier" are the same person. The only certainty is that he disappears from view after Scene 24, experiencing neither divine retribution, perpetual solitude, nor punishment at the hands of society.

The third draft consists of only two scenes, and we do not know where Büchner intended to place them in his final version. Instead of incorporating them arbitrarily into the reconstruction, as numerous editors have done, I offer them as "Additional Scenes," because they are simply too good to leave out entirely. A portion of "Der Hof des Doktors" derives from an experience of Büchner's in Giessen: one of his professors habitually brought his son to class to demonstrate that the ear muscles have become obsolete among human beings, but not among apes. His son was then obliged to stand and wiggle his ears.

The second scene, "Der Idiot. Das Kind. Woyzeck," would seem to take place after Woyzeck returns from the pond ("Der is in's Wasser gefallen . . . ."). But one might also argue that the Fool's line, which is also a children's counting rhyme, might *anticipate* Woyzeck's search for the knife, and we are left once again without conclusive evidence of his ultimate fate.

The well-known "Early Draft of Scene 9" (Draft 2, Scene 7) has also been included for its dramatic value. Why did Büchner omit Woyzeck's

---

[2]For more information on the *Woyzeck* manuscripts, as well as on Büchner's life and works, see *Georg Büchner: The Complete Collected Works*, ed./transl. Henry J. Schmidt (New York: Avon Books, 1977).
[3]Scene 3 is indicated only by the title, "Buden. Lichter. Volk," followed by one and a half blank pages. The text has been assembled from scenes in the first and second drafts.

confrontation with the Captain and the Doctor in his revision? Two reasons suggest themselves: Woyzeck seems to be a bit out of character at the end of the scene when he speculates about the "Gedankenstrichel zwischen ja—und nein." More important, the Captain's taunts about Marie and the Drum Major appear to take Woyzeck entirely by surprise. In the final draft this would be illogical, because Woyzeck has already accused Marie of infidelity two scenes earlier. In the second draft, however, the equivalent scene with Marie takes place immediately *after* the Captain/Doctor/Woyzeck dialogue.

Büchner's orthography has been modernized, but the colloquial tone of *Woyzeck*'s modified Hessian dialect is preserved. I have omitted several passages that seem hopelessly unclear. The following editions were consulted:

Georg Büchner. *Werke und Briefe.* Ed. Fritz Bergemann. Wiesbaden: Insel Verlag, 1958 (originally 1922).

Georg Büchner. *Sämtliche Werke und Briefe.* 2 vols. Ed. Werner R. Lehmann. Hamburg: Christian Wegner Verlag, 1967/1971.

Georg Büchner. *Woyzeck.* Ed. Egon Krause. Frankfurt a. M.: Insel Verlag, 1969.

Georg Büchner. *Woyzeck. Kritische Lese- und Arbeitsausgabe.* Ed. Lothar Bornscheuer. Stuttgart: Reclam Verlag, 1972.

Georg Büchner. *Woyzeck. Faksimileausgabe der Handschriften.* Ed. Gerhard Schmid. Wiesbaden: Dr. Ludwig Reichert Verlag, 1981.

Woyzeck

PERSONEN

Franz Woyzeck · Marie
Hauptmann · Doktor · Tambourmajor
Unteroffizier · Andres · Margreth
Marktschreier
Alter Mann mit Leierkasten
Jude · Wirt
Erster Handwerksbursch
Zweiter Handwerksbursch
Käthe · Karl der Narr · Großmutter
Erstes, zweites, drittes Kind
Erste, zweite Person
Gerichtsdiener
Soldaten · Studenten · Burschen und Mädchen
Kinder · Volk

1 Freies Feld. Die Stadt in der Ferne. Woyzeck und Andres schneiden Stöcke im Gebüsch.

WOYZECK: Ja Andres; den Streif da über das Gras hin, da rollt abends der Kopf, es hob ihn einmal einer auf, er meint es wär ein Igel. Drei Tag und drei Nächt und er lag auf den Hobelspänen—*leise*—Andres, das waren die Freimaurer, ich hab's, die Freimaurer, still!
ANDRES *singt*: Saßen dort zwei Hasen
   Fraßen ab das grüne, grüne Gras . . .
WOYZECK: Still! Es geht was!
ANDRES: Fraßen ab das grüne, grüne Gras
   Bis auf den Rasen.
WOYZECK: Es geht hinter mir, unter mir—*stampft auf den Boden*—hohl, hörst du? Alles hohl da unten. Die Freimaurer!
ANDRES: Ich fürcht mich.
WOYZECK: 's ist so kurios still. Man möcht den Atem halten. Andres!
ANDRES: Was?
WOYZECK: Red was! *Starrt in die Gegend. Andres!* Wie hell! Ein Feuer fährt um den Himmel und ein Getös herunter wie Posaunen. Wie's heraufzieht! Fort. Sieh nicht hinter dich! *Reißt ihn in's Gebüsch.*
ANDRES *nach einer Pause*: Woyzeck! Hörst du's noch?
WOYZECK: Still, alles still, als wär die Welt tot.
ANDRES: Hörst du? Sie trommeln drin. Wir müssen fort.

2 Marie (mit ihrem Kind am Fenster). Margreth. Der Zapfenstreich geht vorbei, der Tambourmajor voran.

MARIE *das Kind wippend auf dem Arm*: He Bub! Sa ra ra ra! Hörst? Da kommen sie.

---

3. *Streif* stripe, streak (*sieh'* is understood) 4. *es hob ihn einmal einer auf* = jemand hob ihn (den Kopf) einmal auf 5. *meint* = *meinte* [Using a modified form of Hessian dialect, Büchner often omits the final "e" (as in *Nächt, fürcht, möcht, Getös*) and employs colloquial contractions (*was* for *etwas*, *'s* for *es*, *drin* for *darin*, *nit* and *nix* for *nicht* and *nichts*)]. 6. *Hobelspänen* wood shavings; ie., in a coffin 7. *Freimaurer* Freemasons. According to superstition, they possessed magical powers. 12. *bis auf den Rasen* down to the ground 22. *heraufzieht* draws near, comes closer 26. *Sie trommeln drin* they are beating the tattoo (the signal to return to the barracks) 28. *Zapfenstreich* the military patrol that sounds the retreat to quarters

3

MARGRETH: Was ein Mann, wie ein Baum.
MARIE: Er steht auf seinen Füßen wie ein Löw. *Tambourmajor grüßt.*
MARGRETH: Ei, was freundliche Auge, Frau Nachbarin, so was is man an ihr nit gewöhnt.
MARIE *singt*: Soldaten das sind schöne Bursch . . .
MARGRETH: Ihre Auge glänze ja noch.
MARIE: Und wenn! Trag Sie ihre Auge zum Jud und laß Sie sie putzen, vielleicht glänze sie noch, daß man sie für zwei Knöpf verkaufe könnt.
MARGRETH: Was Sie? Sie? Frau Jungfer, ich bin eine honnete Person, aber Sie, Sie guckt sieben Paar lederne Hose durch.
MARIE: Luder! *Schlägt das Fenster zu.* Komm mein Bub. Was die Leut wollen. Bist doch nur en arm Hurenkind und machst deiner Mutter Freud mit deim unehrliche Gesicht. Sa! Sa!
Singt. Mädel, was fangst du jetzt an
Hast ein klein Kind und kein Mann
Ei was frag ich danach
Sing ich die ganze Nacht
Heio popeio mein Bu. Juchhe!
Gibt mir kein Mensch nix dazu.

Hansel spann deine sechs Schimmel an
Gib ihn zu fresse auf's neu
Kein Haber fresse sie
Kein Wasser saufe sie
Lauter kühle Wein muß es sein. Juchhe!
Lauter kühle Wein muß es sein.
Es klopft am Fenster.
MARIE: Wer da? Bist du's Franz? Komm herein!
WOYZECK: Kann nit. Muß zum Verles.
MARIE: Was hast du Franz?

7. *Ihre* your. Use of the third-person singular as a form of address no longer exists. See also Scenes 5 and 8, in which the Captain and the Doctor address Woyzeck as *Er* as an indication of his inferior rank. 8. *und wenn!* So what! 11. *Frau Jungfer* "Mrs. Virgin" *honette* decent, virtuous 16. *unehrliche* illegitimate (her son was born out of wedlock) 20. *was: warum* 22. *Bu: Bube* 25. *auf's neu* again 26. *Haber: Hafer* oats 32. *Verles: die Verlesung* roll call

WOYZECK *geheimnisvoll*: Marie, es war wieder was, viel, steht nicht geschrieben: und sieh da ging ein Rauch vom Land, wie der Rauch vom Ofen?
MARIE: Mann!
WOYZECK: Es ist hinter mir gegangen bis vor die Stadt. Was soll das werden?
MARIE: Franz!
WOYZECK: Ich muß fort. *Er geht.*
MARIE: Der Mann! So vergeistert. Er hat sein Kind nicht angesehn. Er schnappt noch über mit den Gedanken. Was bist so still, Bub? Furchst' dich? Es wird so dunkel, man meint, man wär blind. Sonst scheint als die Latern herein. Ich halt's nicht aus. Es schauert mich. *Geht ab.*

3 Buden. Lichter. Volk.

ALTER MANN. KIND *das tanzt*:
Auf der Welt ist kein Bestand.
Wir müssen alle sterbe, das ist uns wohlbekannt!
[WOYZECK:] He! Hopsa! Arm Mann, alter Mann! Arm Kind! Junges Kind! Hei Marie . . . Schöne Welt!
MARKTSCHREIER *vor einer Bude*: Meine Herren! Meine Herren! Sehn Sie die Kreatur, wie sie Gott gemacht, nix, gar nix. Sehen Sie jetzt die Kunst, geht aufrecht hat Rock und Hosen, hat ein Säbel! Ho! Mach Kompliment! So bist brav. Gib Kuß! *Er trompetet.* Michel ist musikalisch. Meine Herrn, meine Damen, hier sind zu sehn dieses astronomische Pferd und die kleine Canaillevogel, sind Liebling von alle Potentate Europas und Mitglied von alle gelehrte Sozietät, weissage den Leute alles, wie alt, wieviel Kinder, was für Krankheit, schießt Pistol los, stellt sich auf ein Bein. Alles Erziehung, habe ein viehische Vernunft, oder vielmehr eine ganz vernünftige Viehigkeit, ist kei viehdummes Individuum wie viel Person, das ver-

2. *steht nicht geschrieben* isn't it written (in the Bible) 3. *und sieh . . . Ofen* see Genesis 19:28 9. *vergeistert* upset, disturbed 11. *Furchst' dich?:* Fürchtest du dich? Are you frightened? 12. *als* always 13. *es schauert mich* I'm frightened 16. *Bestand* permanent existence 21. *Kreatur* (he is presenting a monkey) 23. *Mach Kompliment!* Take a bow! 24. *Michel* stupid fellow 26. *Canaillevogel: Kanarienvögel* canaries. *Canaille* means "scoundrel." The carnival barker uses words of French origin (*Sozietät, Räson*) in his speeches, possibly to make himself sound exotic.

ehrliche Publikum abgerechnet. Es wird sein, die
Rapräsentation, das Commencement vom Commencement wird sogleich nehm sein Anfang. Sehn Sie die Fortschritte der Zivilisation. Alles schreitet
fort, ei Pferd, ein Aff, ein Canaillenvogel. Der Aff ist
schon ein Soldat, 's ist noch nit viel, unterst Stuf von
menschliche Geschlecht!
[WOYZECK:] Willst du?
MARIE: Meinetwege. Das muß schön Dings sein. Was der
Mensch Quasten hat und die Frau hat Hosen.

Unteroffizier. Tambourmajor.

[UNTEROFFIZIER:] Halt, jetzt. Siehst du sie! Was ei Weibsbild.
TAMBOURMAJOR: Teufel zum Fortpflanzen von Kürassierregimentern und zur Zucht von Tambourmajors.
UNTEROFFIZIER: Wie sie den Kopf trägt, man meint das
schwarze Haar müsst' sie abwärts ziehn, wie ein Gewicht,
und Aug, . . .
TAMBOURMAJOR: Als ob man in ein Ziehbrunn oder zu eim
Schornstein hinunterguckt. Fort hinte drein.
MARIE: Was Lichter!
WOYZECK: Hei, was ei Abend.

Das Innere der Bude.

MARKTSCHREIER: Zeig dein Talent! zeig dein viehische Vernünftigkeit! Beschäme die menschlich Sozietät! Meine
Herren dies Tier, das Sie da sehn, Schwanz am Leib, auf
sei vier Hufe ist Mitglied von alle gelehrte Sozietät, ist
Professor an unser Universität, wo die Studente bei ihm
reiten und schlage lernen. Das war einfacher Verstand.
Denk jetzt mit der doppelte Räson. Was machst du wann

1. *das verehrliche Publikum abgerechnet* i.e., present company excepted 2. *Rapräsentation* presentation 10. *Quasten* *tassels* 14. *Teufel: Zum Teufel!* Hell!
20. *hinte[r]drein* after her! 29. *schlage[n]* to duel 30. *Räson: Raison* (Fr.) reason

du mit der doppelten Räson denkst? Ist unter der gelehrte Société da ein Esel? *Der Gaul schüttelt den Kopf.* Sehn Sie jetzt die doppelte Räson! Das ist Viehsionomik. Ja das ist kei viehdummes Individuum, das ist eine Person! Ei Mensch, ei tierische Mensch und doch ei Vieh, ei bête. *Das Pferd führt sich ungebührlich auf.* So beschäm die Société! Sehn Sie das Vieh ist noch Natur unverdorbne Natur! Lern Sie bei ihm. Fragen Sie den Arzt es ist höchst schädlich! Das hat geheiße Mensch sei natürlich! Du bist geschaffe Staub, Sand, Dreck. Willst du mehr sein, als Staub, Sand, Dreck? Sehn Sie, was Vernunft, es kann rechnen und kann doch nit an den Fingern herzählen, warum? Kann sich nur nit ausdrücke, nur nit expliziern, ist ein verwandter Mensch! Sag den Herrn, wieviel Uhr es ist.

Wer von den Herren und Damen hat eine Uhr, eine Uhr?

UNTEROFFIZIER: Eine Uhr! *Zieht großartig und gemessen die Uhr aus der Tasche.* Da mein Herr.

MARIE: Das muß ich sehn. *Sie klettert auf den 1. Platz. Unteroffizier hilft ihr.*

4 Marie sitzt, ihr Kind auf dem Schoß, ein Stückchen Spiegel in der Hand.

MARIE *bespiegelt sich.* Was die Steine glänze! Was sind's für? Was hat er gesagt? — Schlaf Bub! Drück die Auge zu, fest — *das Kind versteckt die Augen hinter den Händen* — noch fester, bleib so, still oder er holt dich.
Singt.   Mädel mach's Ladel zu
's kommt e Zigeunerbu
Führt dich an deiner Hand
Fort in's Zigeunerland.
Spiegelt sich wieder. 's ist gewiß Gold! Unsereins hat nur ein Eckchen in der Welt und ein Stückchen Spiegel und

---

3. *Viehsionomik* pun on *Vieh* and *Physiognomik* (the expression of character in one's outward appearance)   5. *bête* (Fr.) beast   6. *führt sich ungebührlich auf* behaves indecently; i.e., relieves itself   9. *es ist höchst schädlich* i.e., "to hold it in"   *Das hat geheiße: es wurde gesagt*   23. *Was: wie Steine* i.e., the earrings she has just received   24. *Was sind's für?: Was sind es für Steine?*   26. *er holt dich* the sandman will get you (see below)   27. *Ladel: Laden* shop

doch hab' ich einen so roten Mund als die großen
Madamen mit ihren Spiegeln von oben bis unten und
ihren schönen Herrn, die ihnen die Händ küssen, ich bin
nur ein arm Weibsbild. *Das Kind richtet sich auf.* Still
Bub, die Auge zu, das Schlafengelchen! Wie's an der
Wand läuft — *sie blinkt mit dem Glas* — die Auge zu, oder
es sieht dir hinein, daß du blind wirst.
*Woyzeck tritt herein, hinter sie. Sie fährt auf, mit den
Händen nach den Ohren.*
WOYZECK: Was hast du?
MARIE: Nix.
WOYZECK: Unter deinen Fingern glänzt's ja.
MARIE: Ein Ohrringlein; hab's gefunden.
WOYZECK: Ich hab' so noch nix gefunden, zwei auf einmal.
MARIE: Bin ich ein Mensch?
WOYZECK: 's ist gut, Marie. — Was der Bub schläft. Greif'
ihm unter's Ärmchen der Stuhl drückt ihn. Die hellen
Tropfen stehn ihm auf der Stirn; alles Arbeit unter der
Sonn, sogar Schweiß im Schlaf. Wir arme Leut! Das is
wieder Geld Marie, die Löhnung und was von mein'm
Hauptmann.
MARIE: Gott vergelt's Franz.
WOYZECK: Ich muß fort. Heut abend, Marie. Adies.
MARIE *allein, nach einer Pause.* Ich bin doch ein schlecht
Mensch. Ich könnt' mich erstechen. — Ach! Was Welt?
Geht doch alles zum Teufel, Mann und Weib.

*5 Der Hauptmann. Woyzeck. Hauptmann auf einem
Stuhl, Woyzeck rasiert ihn.*

HAUPTMANN: Langsam, Woyzeck, langsam; eins nach dem
andern; Er macht mir ganz schwindlig. Was soll ich dann
mit den zehn Minuten anfangen, die Er heut zu früh fertig
wird. Woyzeck, bedenk' Er, Er hat noch seine schöne
dreißig Jahr zu leben, dreißig Jahr! macht 360 Monate,

2. *die großen Madamen* ladies of the aristocracy 5. *das Schlafengelchen* the sandman 7. *daß:* sodaß 15. *Mensch: das Mensch* whore 22. *Gott vergelt's* God bless you for it 23. *Adies: adieu* (Fr.) goodbye 30. *Er* you (see note to Scene 2) *mir:* mich

und Tage, Stunden, Minuten! Was will Er denn mit der ungeheuren Zeit all anfangen? Teil Er sich ein, Woyzeck.
WOYZECK: Jawohl, Herr Hauptmann.
HAUPTMANN: Es wird mir ganz angst um die Welt, wenn ich an die Ewigkeit denke. Beschäftigung, Woyzeck, Beschäftigung! Ewig das ist ewig, das ist ewig, das siehst du ein; nun ist es aber wieder nicht ewig und das ist ein Augenblick, ja, ein Augenblick. — Woyzeck, es schaudert mich, wenn ich denk, daß sich die Welt in einem Tag herumdreht, was n' Zeitverschwendung, wo soll das hinaus? Woyzeck, ich kann kein Mühlrad mehr sehn, oder ich werd' melancholisch.
WOYZECK: Jawohl, Herr Hauptmann.
HAUPTMANN: Woyzeck Er sieht immer so verhetzt aus. Ein guter Mensch tut das nicht, ein guter Mensch, der sein gutes Gewissen hat. — Red' Er doch was Woyzeck. Was ist heut für Wetter?
WOYZECK: Schlimm, Herr Hauptmann, schlimm; Wind.
HAUPTMANN: Ich spür's schon, 's ist so was Geschwindes draußen; so ein Wind macht mir den Effekt wie eine Maus. *Pfiffig.* Ich glaub' wir haben so was aus Süd-Nord.
WOYZECK: Jawohl, Herr Hauptmann.
HAUPTMANN: Ha! ha! ha! Süd-Nord! Ha! Ha! Ha! O Er ist dumm, ganz abscheulich dumm. *Gerührt.* Woyzeck, Er ist ein guter Mensch, ein guter Mensch — aber — *mit Würde* — Woyzeck, Er hat keine Moral! Moral das ist wenn man moralisch ist, versteht Er. Es ist ein gutes Wort. Er hat ein Kind, ohne den Segen der Kirche, wie unser hochehrwürdiger Herr Garnisonsprediger sagt, ohne den Segen der Kirche, es ist nicht von mir.
WOYZECK: Herr Hauptmann, der liebe Gott wird den armen Wurm nicht drum ansehn, ob das Amen drüber gesagt ist, eh' er gemacht wurde. Der Herr sprach: lasset die Kindlein zu mir kommen.

11. *wo soll das hinaus?* where will that lead to? 14. *verhetzt:* abgehetzt tired out, upset, worried 19. *was Geschwindes:* etwas Schnelles 32. *Wurm* little kid, tot 34. *lasset . . . kommen* see Mark 10:14; Luke 18:6

HAUPTMANN: Was sagt Er da? Was ist das für 'ne kuriose Antwort? Er macht mich ganz konfus mit seiner Antwort. Wenn ich sag, Er, so mein ich Ihn, Ihn –
WOYZECK: Wir arme Leut. Sehn Sie, Herr Hauptmann, Geld, Geld. Wer kein Geld hat. Da setz einmal einer seinsgleichen auf die Moral in die Welt. Man hat auch sein Fleisch und Blut. Unseins ist doch einmal unselig in der und der andern Welt, ich glaub' wenn wir in Himmel kämen so müßten wir donnern helfen.
HAUPTMANN: Woyzeck Er hat keine Tugend, Er ist kein tugendhafter Mensch. Fleisch und Blut? Wenn ich am Fenster lieg, wenn's geregnet hat und den weißen Strümpfen so nachsehe wie sie über die Gassen springen – verdammt Woyzeck, – da kommt mir die Liebe. Ich hab auch Fleisch und Blut. Aber Woyzeck, die Tugend, die Tugend! Wie sollte ich dann die Zeit herumbringen? Ich sag' mir immer: Du bist ein tugendhafter Mensch, – *gerührt* – ein guter Mensch, ein guter Mensch.
WOYZECK: Ja Herr Hauptmann, die Tugend! Ich hab's noch nicht so aus. Sehn Sie, wir gemeinen Leut, das hat keine Tugend, es kommt einem nur so die Natur, aber wenn ich ein Herr wär und hätt ein Hut und eine Uhr und en Anglaise und könnt vornehm reden, ich wollt schon tugendhaft sein. Es muß was Schöns sein um die Tugend, Herr Hauptmann. Aber ich bin ein armer Kerl.
HAUPTMANN: Gut Woyzeck. Du bist ein guter Mensch, ein guter Mensch. Aber du denkst zuviel, das zehrt, du siehst immer so verhetzt aus. Der Diskurs hat mich ganz angegriffen. Geh' jetzt und renn nicht so; langsam hübsch langsam die Straße hinunter.

6 *Marie. Tambourmajor.*

TAMBOURMAJOR: Marie!

---

6. *setz ... Welt* try to raise one's own kind on morality in this world   7. *Unseins: unsereins* the likes of us   *in der: in dieser*   16. *herumbringen: verbringen* pass   20. *hab's ... aus* figure it out   21. *es kommt einem ... Natur* we act as nature tells us   23. *Anglaise* overcoat   24. *um* about   28. *Diskurs* conversation   29. *angegriffen* exhausted

10

MARIE *ihn ansehend, mit Ausdruck*: Geh' einmal vor dich hin. – Über die Brust wie ein Stier und ein Bart wie ein Löw. – So ist keiner. – Ich bin stolz vor allen Weibern.
TAMBOURMAJOR: Wenn ich am Sonntag erst den großen Federbusch hab' und die weiße Handschuh, Donnerwetter, Marie, der Prinz sagt immer: Mensch, er ist ein Kerl.
MARIE *spöttisch*: Ach was! *Tritt vor ihn hin.* Mann!
TAMBOURMAJOR: Und du bist auch ein Weibsbild, Sapperment, wir wollen eine Zucht von Tambourmajors anlegen – He? *Er umfaßt sie.*
MARIE *verstimmt*: Laß mich!
TAMBOURMAJOR: Wild Tier.
MARIE *heftig*: Rühr mich an!
TAMBOURMAJOR: Sieht dir der Teufel aus den Augen?
MARIE: Meintwegen. Es ist alles eins.

7 *Marie. Woyzeck.*

WOYZECK *sieht sie starr an, schüttelt den Kopf*: Hm! Ich seh nichts, ich seh nichts. Oh, man müßt's sehen, man müßt's greifen könne mit Fäusten.
MARIE *verschüchtert*: Was hast du Franz? Du bist hirnwütig – Franz.
WOYZECK: Eine Sünde so dick und so breit. (Es stinkt daß man die Engelchen zum Himmel hinaus räuchern könnt.) Du hast ein roten Mund Marie. Keine Blase drauf? Marie, du bist schön wie die Sünde – Kann die Todsünde so schön sein?
MARIE: Franz, du red'st im Fieber.
WOYZECK: Teufel! – Hat er da gestande, so, so?
MARIE: Dieweil der Tag lang und die Welt alt ist, könn' viel Mensche an eim Platz stehen, einer nach dem andern.
WOYZECK: Ich hab ihn gesehn.

2. *Geh'... vor dich hin* march up and down   11. *eine Zucht... anlegen* to breed a race   14. *Rühr mich an!* just dare to touch me!   16. *Es ist alles eins* it's all the same   22. *hirnwütig* insane   24. *hinaus räuchern* to smoke out   30. *Dieweil* so long as

MARIE: Man kann viel sehn, wenn man zwei Augen hat und man nicht blind ist und die Sonn scheint.
WOYZECK: Mit diesen Augen.
MARIE *keck*: Und wenn auch.

8 *Woyzeck. Der Doktor.*

DOKTOR: Was erleb' ich Woyzeck? Ein Mann von Wort.
WOYZECK: Was denn Herr Doktor?
DOKTOR: Ich hab's gesehn Woyzeck; Er hat auf die Straß gepißt, an die Wand gepißt wie ein Hund – Und doch zwei Groschen täglich. Woyzeck das ist schlecht. Die Welt wird schlecht, sehr schlecht.
WOYZECK: Aber Herr Doktor, wenn einem die Natur kommt.
DOKTOR: Die Natur kommt, die Natur kommt! Die Natur! Hab' ich nicht nachgewiesen, daß der Musculus constrictor vesicae dem Willen unterworfen ist? Die Natur! Woyzeck, der Mensch ist frei, in dem Menschen verklärt sich die Individualität zur Freiheit. Den Harn nicht halten können! *Schüttelt den Kopf, legt die Hände auf den Rücken und geht auf und ab.* Hat er schon seine Erbsen gegessen, Woyzeck? – Es gibt eine Revolution in der Wissenschaft, ich sprenge sie in die Luft. Harnstoff, 0, 10, salzsaures Ammonium, Hyperoxydul. Woyzeck muß Er nicht wieder pissen? Geh' Er eimal hinein und probier Er's.
WOYZECK: Ich kann nit Herr Doktor.
DOKTOR *mit Affekt*: Aber auf die Wand pissen! Ich hab's schriftlich, den Akkord in der Hand. Ich hab's gesehn, mit diesen Augen gesehn, ich streckt grade die Nase zum Fenster hinaus und ließ die Sonnstrahlen hineinfallen, um das Niesen zu beobachten – *tritt auf ihn los* – nein Woyzeck, ich ärger mich nicht, Ärger ist ungesund, ist un-

---

3. *Mit diesen Augen* with my own eyes (very uncertain reading)   4. *Und wenn auch* so what!   6. *erleben* to see, witness   16. *Musculus constrictor vesicae* muscle controlling the bladder   23. *salzsaures Ammonium* ammonium chloride   *Hyperoxydul* (a made-up word)   31. *tritt auf ihn los* either "goes up to him" or "starts kicking him"

wissenschaftlich. Ich bin ruhig ganz ruhig, mein Puls hat seine gewöhnlichen 60 und ich sag's Ihm mit der größten Kaltblütigkeit! Behüte wer wird sich über einen Menschen ärgern, ein Menschen! Wenn es noch ein Proteus wäre, der einem krepiert! Aber Er hätte doch nicht an die Wand pissen sollen —
WOYZECK: Sehn Sie Herr Doktor, manchmal hat man so 'nen Charakter, so 'ne Struktur. — Aber mit der Natur ist's was anders, sehn Sie mit der Natur — *er kracht mit den Fingern* — das ist so was, wie soll ich doch sagen, zum Beispiel —
DOKTOR: Woyzeck, Er philosophiert wieder.
WOYZECK *vertraulich*: Herr Doktor haben Sie schon was von der doppelten Natur gesehn? Wenn die Sonn in Mittag steht und es ist als ging die Welt im Feuer auf hat schon eine fürchterliche Stimme zu mir geredt!
DOKTOR: Woyzeck, er hat eine Aberratio.
WOYZECK *legt den Finger an die Nase*: Die Schwämme Herr Doktor. Da, da steckts. Haben Sie schon gesehn in was für Figuren die Schwämme auf dem Boden wachsen. Wer das lesen könnt.
DOKTOR: Woyzeck Er hat die schönste Aberratio, mentalis partialis, die zweite Spezies, sehr schön ausgeprägt, Woyzeck Er kriegt Zulage. Zweite Spezies, fixe Idee, mit allgemein vernünftigem Zustand, Er tut noch alles wie sonst, rasiert sein Hauptmann!
WOYZECK: Ja, wohl.
DOKTOR: Ißt sei Erbse?
WOYZECK: Immer ordentlich Herr Doktor. Das Geld für die Menage kriegt mei Frau.
DOKTOR: Tut sei Dienst.
WOYZECK: Jawohl.
DOKTOR: Er ist ein interessanter Kasus, Subjekt Woyzeck Er kriegt Zulag. Halt Er sich brav. Zeig Er sei Puls! Ja.

3. *Behüte wer* who on earth   4. *Proteus* a kind of lizard commonly used in laboratory experiments   5. *der einem krepiert* which were dying   17. *Aberratio* (see below)   18. *Schwämme* mushrooms   19. *da steckts* that's where the secret lies   23. *Aberratio, mentalis partialis* periodic insanity   30. *Menage* household   34. *Halt er sich brav* behave yourself

13

p. 27. early draft

9 Hauptmann. Doktor.

HAUPTMANN: Herr Doktor, die Pferde machen mir ganz angst, wenn ich denke, daß die armen Bestien zu Fuß gehn müssen. Rennen Sie nicht so. Rudern Sie mit Ihrem Stock nicht so in der Luft. Sie hetzen sich ja hinter dem Tod drein. Ein guter Mensch, der sein gutes Gewissen hat, geht nicht so schnell. Ein guter Mensch. *Er erwischt den Doktor am Rock.* Herr Doktor erlauben Sie, daß ich ein Menschenleben rette.
Herr Doktor, ich bin so schwermütig, ich habe so was Schwärmerisches, ich muß immer weinen, wenn ich meinen Rock an der Wand hängen sehe, da hängt er.

DOKTOR: Hm, aufgedunsen, fett, dicker Hals, apoplektische Konstitution. Ja Herr Hauptmann Sie können eine Apoplexia cerebralis kriegen, Sie können sie aber vielleicht auch nur auf der einen Seite bekommen, und dann auf der einen gelähmt sein, oder aber Sie können im besten Fall geistig gelähmt werden und nur fort vegetieren, das sind so ungefähr Ihre Aussichten auf die nächsten vier Wochen. Übrigens kann ich Sie versichern, daß Sie einen von den interessanten Fällen abgeben und wenn Gott will, daß Ihre Zunge zum Teil gelähmt wird, so machen wir die unsterblichsten Experimente.

HAUPTMANN: Herr Doktor erschrecken Sie mich nicht, es sind schon Leute am Schreck gestorben, am bloßen hellen Schreck. — Ich sehe schon die Leute mit den Zitronen in den Händen, aber sie werden sagen, er war ein guter Mensch, ein guter Mensch — Teufel Sargnagel.

DOKTOR *[hält ihm den Hut hin]*: Was ist das Herr Hauptmann? Das ist Hohlkopf.

HAUPTMANN *macht eine Falte*: Was ist das Herr Doktor, das ist Einfalt.

DOKTOR: Ich empfehle mich, geehrtester Herr Exerzierzagel.

HAUPTMANN: Gleichfalls, bester Herr Sargnagel.

4. *Rudern* swing   6. *hetzen sich . . . hinter dem Tod drein*   run oneself to death
15. *Apoplexia cerebralis* apoplexy, stroke   21. *abgeben* furnish   25. *hellen* sheer
26. *Zitronen* either lemons which, according to folk custom, were carried at funerals, or top hats (*Zylinder*) worn at funerals   30. *Hohlkopf* "hollow-head"; empty-headed
32. *Einfalt* simplemindedness (a pun on *Falte* and a response to *Hohlkopf*)
33. *Exerzierzagel: exerzieren* to perform a military drill; *Zagel* braid or penis. Suggested translation: "drillcock" or "drillprick."

10 Die Wachtstube. Woyzeck. Andres.

ANDRES *singt*:
    Frau Wirtin hat 'ne brave Magd
    Sie sitzt im Garten Tag und Nacht
    Sie sitzt in ihrem Garten . . .
WOYZECK: Andres!
ANDRES: Nu?
WOYZECK: Schön Wetter.
ANDRES: Sonntagsonnwetter. — Musik vor der Stadt. Vorhin sind die Weibsbilder hin, die Mensche dampfe, das geht.
WOYZECK *unruhig*: Tanz, Andres, sie tanze.
ANDRES: Im Rössel und im Sterne.
WOYZECK: Tanz, Tanz.
ANDRES: Meintwege.
    Sie sitzt in ihrem Garten
    Bis daß das Glöcklein zwölfe schlägt
    Und paßt auf die Solda-aten.
WOYZECK: Andres, ich hab kein Ruh.
ANDRES: Narr!
WOYZECK: Ich muß hinaus. Es dreht sich mir vor den Augen. Was sie heiße Händ habe. Verdammt Andres!
ANDRES: Was willst du?
WOYZECK: Ich muß fort.
ANDRES: Mit dem Mensch.
WOYZECK: Ich muß hinaus, 's ist so heiß da hie.

11 Wirtshaus. Die Fenster offen, Tanz. Bänke vor dem Haus. Bursche.

I. HANDWERKSBURSCH:
    Ich hab ein Hemdlein an
    Das ist nicht mein
    Meine Seele stinkt nach Brandewein, —

10. *hin: hinausgegangen   dampfe[n]* sweat   *das geht: wie das geht!*   12. *Rössel . . . Sterne* (names of taverns)   16. *Bis daß: bis*   17. *paßt auf* waits for   24. *Mensch* (see note to Scene 4)   25. *da hie: hier*   31. *Brandewein: Branntwein* brandy

2. HANDWERKSBURSCH: Bruder, soll ich dir aus Freundschaft ein Loch in die Natur machen? Verdammt, ich will ein Loch in die Natur machen. Ich bin auch ein Kerl, du weißt, ich will Ihm alle Flöh am Leib totschlagen.
1. HANDWERKSBURSCH: Meine Seele, mei Seele stinkt nach Brandewein. — Selbst das Geld geht in Verwesung über. Vergißmeinicht! Wie ist diese Welt so schön. Bruder, ich muß ein Regenfaß voll greinen. Ich wollt unse Nase wärn zwei Bouteille und wir könnte sie uns einander in de Hals gießen.
DIE ANDEREN *im Chor*:
   Ein Jäger aus der Pfalz,
   Ritt einst durch einen grünen Wald,
   Halli, halloh, gar lustig ist die Jägerei
   Allhier auf grüner Heid
   Das Jagen ist mei Freud.
Woyzeck stellt sich ans Fenster. Marie und der Tambourmajor tanzen vorbei, ohne ihn zu bemerken.
MARIE *im Vorbeitanz*: Immer, zu, immer zu.
WOYZECK *erstickt*: Immer zu — immer zu. *Fährt heftig auf und sinkt zurück auf die Bank.* Immer zu immer zu. *Schlägt die Hände ineinander. Dreht Euch, wälzt Euch.* Warum bläst Gott nicht die Sonn aus, daß alles in Unzucht sich übernanderwälzt, Mann und Weib, Mensch und Vieh. Tut's am hellen Tag, tut's einem auf den Händen, wie die Mücken. — Weib. — Das Weib ist heiß, heiß! — Immer zu, immer zu. *Fährt auf.* Der Kerl! Wie er an ihr herumtappt, an ihrem Leib, er er hat sie wie ich zu Anfang.
1. HANDWERKSBURSCH *predigt auf dem Tisch*: Jedoch wenn ein Wandrer, der gelehnt steht an dem Strom der Zeit oder aber sich die göttliche Weisheit beantwortet und sich anredet: Warum ist der Mensch? Warum ist der Mensch? — Aber wahrlich ich sage Euch, von was hätte der Land-

---

9. *Bouteille[n]* (Fr.) wine bottles 12. *Pfalz* the Palatinate, a region in southwestern Germany 19. *immer zu* on and on; don't stop 22. *wälzt Euch* roll around on the ground 26. *Tut's . . . Mücken* In *Dantons Tod*, Lacroix warns that girls should not be allowed to sit in the sun, or the gnats will "do it" on their hands, and *"das macht Gedanken."* 29. *wie ich zu Anfang* (uncertain reading; may also be: *wie immer zu Anfang*) 34. *wahrlich* verily (parodying Biblical style)

mann, der Weißbinder, der Schuster, der Arzt leben
sollen, wenn Gott den Menschen nicht geschaffen hätte?
Von was hätte der Schneider leben sollen, wenn er dem
Menschen nicht die Empfindung der Scham eingepflanzt,
von was der Soldat, wenn er ihn nicht mit dem Bedürfnis
sich totzuschlagen ausgerüstet hätte. Darum zweifelt
nicht, ja ja, es ist lieblich und fein, aber alles Irdische ist
eitel, selbst das Geld geht in Verwesung über. — Zum
Beschluß, meine geliebten Zuhörer laßt uns noch über's
Kreuz pissen, damit ein Jud stirbt.

12 Freies Feld.

WOYZECK: Immer zu! Immer zu! Still Musik. *Reckt sich gegen den Boden.* Ha was, was sagt ihr? Lauter, lauter, — stich, stich die Zickwolfin tot? stich, stich die Zickwolfin tot. Soll ich? Muß ich? Hör ich's da auch, sagt's der Wind auch? Hör ich's immer, immer zu, stich tot, tot.

13 Nacht. Andres und Woyzeck in einem Bett.

WOYZECK *schüttelt Andres*: Andres! Andres! Ich kann nit schlafen, wenn ich die Aug zumach, dreht sich's immer und ich hör die Geigen, immer zu, immer zu. Und dann spricht's aus der Wand hörst du nix?
ANDRES: Ja, — laß sie tanzen! Gott behüt uns, Amen. — *Schläft wieder ein.*
WOYZECK: Und zieht mir zwischen den Augen wie ein Messer.
ANDRES: Du mußt Schnaps trinke und Pulver drin, das schneidt das Fieber.

---

7. *lieblich und fein* good and pleasant (see Psalms 133:1) 10. *über's Kreuz* crosswise
14. *Zickwolfin: Zickwölfin* "goat-wolf"; she-wolf

14 Wirtshaus. Tambourmajor. Woyzeck. Leute.

TAMBOURMAJOR: Ich bin ein Mann! *Schlägt sich auf die Brust. Ein Mann sag' ich.*
Wer will was? Wer kein besoffn Herrgott ist der laß sich von mir. Ich will ihm die Nas ins Arschloch prügeln. Ich will – *zu Woyzeck* – da Kerl, sauf, der Mann muß saufen, ich wollt die Welt wär Schnaps, Schnaps.
WOYZECK *pfeift.*
TAMBOURMAJOR: Kerl, soll ich dir die Zung aus dem Hals ziehe und sie um den Leib herumwickle? *Sie ringen, Woyzeck verliert.* Soll ich dir noch soviel Atem lassen als en Altweiberfurz, soll ich?
WOYZECK *setzt sich erschöpft zitternd auf die Bank.*
TAMBOURMAJOR: Der Kerl soll dunkelblau pfeifen. Ha. Brandewein das ist mein Leben Brandwein gibt Courage!
EINE: Der hat sei Fett.
ANDRE: Er blut.
WOYZECK: Eins nach dem andern.

15 Woyzeck. Der Jude.

WOYZECK: Das Pistolche ist zu teuer.
JUD: Nu, kauft's oder kauft's nit, was is?
WOYZECK: Was kost das Messer.
JUD: 's ist ganz, grad. Wollt Ihr Euch den Hals mit abschneide, nu was is es? Ich geb's Euch so wohlfeil wie ein andrer, Ihr sollt Euern Tod wohlfeil haben, aber doch nit umsonst. Was is es? Er soll ein ökonomische Tod habe.
WOYZECK: Das kann mehr als Brot schneiden.
JUD: Zwee Grosche.
WOYZECK: Da! *Geht ab.*
JUD: Da! Als ob's nichts wär. Und es is doch Geld. Der Hund.

5. *laß sich von mir* stay away from me   12. *Altweiberfurz* old woman's fart   14. *soll dunkelblau pfeifen* either "can whistle till he's blue in the face" or "thinks he's so great"   17. *Der hat sei Fett* he got what he deserved   24. *grad: gerade* straight   29. *Zwee: zwei*

18

16 *Marie, blättert in der Bibel.*

Und ist kein Betrug in seinem Munde erfunden. Herrgott. Herrgott! Sieh mich nicht an — *blättert weiter* — aber die Pharisäer brachten ein Weib zu ihm, im Ehebruch begriffen und stelleten sie in's Mittel dar. — Jesus aber sprach: so verdamme ich dich auch nicht. Geh hin und sündige hinfort nicht mehr. *Schlägt die Hände zusammen.* Herrgott! Herrgott! Ich kann nicht. Herrgott gib mir nur soviel, daß ich beten kann. *Das Kind drängt sich an sie.* Das Kind gibt mir einen Stich in's Herz . . .
NARR *liegt und erzählt sich Märchen an den Fingern*: Der hat die golden Kron, der Herr König. Morgen hol' ich der Frau Königin ihr Kind. Blutwurst sagt: komm Leberwurst . . . *Er nimmt das Kind und wird still.*
[MARIE:] Der Franz ist nit gekommen, gestern nit, heut nit, es wird heiß hie. *Sie macht das Fenster auf.*
Und trat hinein zu seinen Füßen und weinete und fing an seine Füße zu netzen mit Tränen und mit den Haaren ihres Hauptes zu trocknen und küssete seine Füße und salbete sie mit Salben. *Schlägt sich auf die Brust.* Alles tot! Heiland, Heiland ich möchte dir die Füße salben.

17 *Kaserne. Andres. Woyzeck kramt in seinen Sachen.*

WOYZECK: Das Kamisolche Andres, ist nit zur Montur, du kannst's brauche Andres. Das Kreuz is meiner Schwester und das Ringlein, ich hab auch noch ein Heiligen, zwei Herze und schön Gold, es lag in meiner Mutter Bibel, und da steht:
  Leiden sei all mein Gewinst
  Leiden sei mein Gottesdienst,
  Herr wie dein Leib war rot und wund
  So laß mein Herz sein aller Stund.

2. *Und . . . erfunden* see 1 Peter 2:22 (*erfunden: gefunden*) 5. *begriffen* caught *in's Mittel*: in die Mitte *aber . . . dar:* see John 8:3 7. *Jesus . . . mehr* see John 8:11 20. *Und . . . Salben* see Luke 7:38 23. *Kamisolche[n]* short jacket *ist nit zur Montur* doesn't belong to the uniform 24. *is[t]:* gehört 25. *Heiligen* picture of a saint 26. *in meiner Mutter Bibel:* in der Bibel meiner Mutter 28. *Gewinst:* Gewinn reward 31. *aller Stund* always

Mei Mutter fühlt nur noch, wenn ihr die Sonn auf die Händ scheint. — Das tut nix.
ANDRES *ganz starr, sagt zu allem*: Jawohl.
WOYZECK *zieht ein Papier hervor*: Friedrich Johann Franz Woyzeck, geschworner Füsilier im 2. Regiment, 2. Bataillon 4. Kompanie, geboren . . . ich bin heut alt 30 Jahr 7 Monat und 12 Tage.
ANDRES: Franz, du kommst in's Lazarett. Armer du mußt Schnaps trinke und Pulver drin das töt' das Fieber.
WOYZECK: Ja Andres, wann der Schreiner die Hobelspän sammelt, es weiß niemand, wer sein Kopf drauf lege wird.

[This marks the end of Büchner's revision.
The following scenes are taken from his first draft.]

18 *Marie mit Mädchen vor der Haustür.*

MÄDCHEN: Wie scheint die Sonn am Lichtmeßtag
            Und steht das Korn im Blühn.
            Sie gingen wohl die Straße hin
            Sie gingen zu zwei und zwei
            Die Pfeifer gingen vorn
            Die Geiger hinte drein.
            Sie hatte rote Sock . . .
1. KIND: 's ist nit schön.
2. KIND: Was willst du auch immer.
         Was hast zuerst angefangen.
                                    Warum?
[KINDER:]   Ich kann nit.   Darum?
            Es muß singen.   Aber warum darum?
            Marieche sing du uns.

2. *Das tut nix* that doesn't matter   5. *geschworner Füsilier* enlisted foot soldier
10. *Hobelspän[e]* (see note to Scene 1)   15. *Lichtmeßtag* Candlemas Day   24. *Was*: *warum*

20

MARIE: Kommt ihr klei Krabben!
Ringel, ringel Rosenkranz. König Herodes.
Großmutter erzähl.
GROSSMUTTER: Es war eimal ein arm Kind und hat kei
Vater und kei Mutter, war alles tot und war niemand
mehr auf der Welt. Alles tot, und es ist hingangen und hat
gesucht Tag und Nacht. Und wie auf der Erd niemand
mehr war, wollt's in Himmel gehn, und der Mond guckt
es so freundlich an und wie's endlich zum Mond kam,
war's ein Stück faul Holz und da ist es zur Sonn gangen
und wie es zur Sonn kam war's ein verwelkt Sonneblum
und wie's zu den Sterne kam, warens klei golde Mück, die
waren angesteckt wie der Neuntöter sie auf die Schlehe
steckt und wie's wieder auf die Erd wollt, war die Erd ein
umgestürzter Hafen und war ganz allein und da hat sich's
hingesetzt und geweint, und da sitzt es noch und ist ganz
allein.
WOYZECK: Marie!
MARIE *erschreckt*: Was ist?
WOYZECK: Marie wir wolln gehn 's ist Zeit.
MARIE: Wohinaus?
WOYZECK: Weiß ich's?

19 *Marie und Woyzeck.*

MARIE: Also dort hinaus ist die Stadt 's ist finster.
WOYZECK: Du sollst noch bleiben. Komm setz dich.
MARIE: Aber ich muß fort.
WOYZECK: Du wirst dir die Füße nicht wundlaufen.
MARIE: Wie bist du auch?
WOYZECK: Weißt du auch wie lang es just ist Marie —
MARIE: An Pfingsten zwei Jahr.
WOYZECK: Weißt du auch wie lang es noch sein wird?

1. *Krabben* shrimps, imps 2. *Ringel . . . Herodes* (children's games) 4. *eimal:* einmal 7. *wie: als* 13. *Neuntöter* shrike, a bird that pins its prey on thorns for later consumption (*Schlehe*: blackthorn shrub) 15. *Hafen* pot 28. *Wie bist du auch?* what's the matter with you? 29. *just: jetzt* 30. *Pfingsten* Pentecost

MARIE: Ich muß fort der Nachttau fällt.
WOYZECK: Friert's dich Marie, und doch bist du warm. Was du heiße Lippen hast! (Heiß, heißen Hurenatem und doch möcht' ich den Himmel geben sie noch einmal zu küssen.) Und wenn man kalt ist, so friert man nicht mehr. Du wirst vom Morgentau nicht frieren.
MARIE: Was sagst du?
WOYZECK: Nix.
Schweigen.
MARIE: Was der Mond rot aufgeht.
WOYZECK: Wie ein blutig Eisen.
MARIE: Was hast du vor? Franz, du bist so blaß. Franz halt. Um des Himmels willen, Hü Hülfe...
WOYZECK: Nimm das und das! Kannst du nicht sterben. So! So! Ha sie zuckt noch, noch nicht noch nicht? Immer noch? *Stößt zu.*
Bist du tot? Tot! Tot!
Es kommen Leute, läuft weg.

20 *Es kommen Leute.*

1. PERSON: Halt!
2. PERSON: Hörst du? Still! Dort!
1. PERSON: Uu! Da! Was ein Ton.
2. PERSON: Es ist das Wasser, es ruft, schon lang ist niemand ertrunken. Fort 's ist nicht gut, es zu hören.
1. PERSON: Uu jetzt wieder. Wie ein Mensch der stirbt.
2. PERSON: Es ist unheimlich, so duftig—halb Nebel, grau und das Summen der Käfer wie gesprungene Glocken. Fort!
1. PERSON: Nein, zu deutlich, zu laut. Da hinauf. Komm mit.

---

1. *der Nachttau fällt* the evening dew is falling 3. *Hurenatem* breath of a whore 10. *Was:* wie 11. *Eisen* iron (knife blade) 13. *Hülfe: Hilfe* 16. *Stößt zu* keeps on stabbing 27. *gesprungene* cracked

21 Das Wirtshaus

WOYZECK: Tanzt alle, immer zu, schwitzt und stinkt, er holt Euch doch einmal alle.

Singt. Frau Wirtin hat 'ne brave Magd
Sie sitzt im Garten Tag und Nacht
Sie sitzt in ihrem Garten
Bis daß das Glöcklein zwölfe schlägt
Und paßt auf die Soldaten.

Er tanzt. So Käthe! Setz dich! Ich hab heiß! heiß—*er zieht den Rock aus*—es ist eimal so, der Teufel holt die eine und läßt die andre laufen. Käthe du bist heiß! Warum denn? Käthe du wirst auch noch kalt werden. Sei vernünftig. Kannst du nicht singen?

[KÄTHE:] Ins Schwabeland das mag ich nicht
Und lange Kleider trag ich nicht
Denn lange Kleider spitze Schuh,
Die kommen keiner Dienstmagd zu.

[WOYZECK:] Nein, kei Schuh, man kann auch ohn Schuh in die Höll gehn.

[KÄTHE:] O pfui mein Schatz das war nicht fein.
Behalt dei Taler und schlaf allein.

[WOYZECK:] Ja wahrhaftig, ich möchte mich nicht blutig machen.

KÄTHE: Aber was hast du an dei Hand?

WOYZECK: Ich? Ich?

KÄTHE: Rot, Blut.

Es stellen sich Leute um sie.

WOYZECK: Blut? Blut.

WIRT: Uu Blut.

WOYZECK: Ich glaub ich hab' mich geschnitten, da an die rechte Hand.

WIRT: Wie kommt's aber an den Ellenbog?

WOYZECK: Ich hab's abgewischt.

---

2. *er* i.e., the devil 8. *Frau . . . Soldaten* (see Scene 10) 9. *ich hab heiß: mir ist heiß* 14. *Schwabeland* Swabia 17. *kommen . . . zu* befit; are appropriate for

WIRT: Was mit der rechten Hand an den rechten Ellbogen. Ihr seid geschickt.
NARR: Und da hat der Ries gesagt: ich riech, ich riech, ich riech Menschenfleisch. Puh. Das stinkt schon.
WOYZECK: Teufel, was wollt ihr? Was geht's Euch an? Platz! oder der erste — Teufel. Meint Ihr ich hätt jemand umgebracht? Bin ich Mörder? Was gafft Ihr! Guckt Euch selbst an. Platz da. *Er läuft hinaus.*

22 Kinder.

1. KIND: Fort. Marie . . .
2. KIND: Was is.
1. KIND: Weißt du's nit? Sie sind schon alle hinaus. Drauß liegt eine!
2. KIND: Wo?
1. KIND: Links über die Lochschanz . . . am roten Kreuz.
2. KIND: Kommt, daß wir noch was sehen. Sie trage sie sonst hinein.

23 Woyzeck, allein.

Das Messer? Wo ist das Messer? Ich hab' es da gelassen. Es verrät mich! Näher, noch näher! Was ist das für ein Platz? Was hör ich? Es rührt sich was. Still. Da in der Nähe. Marie? Ha Marie! Still. Alles still! (Was bist du so bleich, Marie? Was hast du eine rote Schnur um den Hals? Bei wem hast du das Halsband verdient, mit dei Sünden? Du warst schwarz davon, schwarz! Hab ich dich jetzt gebleicht. Was hänge dei schwarze Haar, so wild? Hast du die Zöpfe heut nicht geflochten?) Da liegt was! Kalt, naß, stille. Weg von dem Platz. Das Messer, das Messer hab ich's? So! Leute—dort. *Er läuft weg.*

---

5. *Was geht's euch an?* What has that to do with you? 15. *Lochschanz[e]* trench
24. *eine rote Schnur um den Hals* (the sign of one who has been condemned to death)

24 Woyzeck an einem Teich.

So da hinunter! *Er wirft das Messer hinein.* Es taucht in das dunkle Wasser, wie ein Stein. Der Mond ist wie ein blutig Eisen! Will denn die ganze Welt es ausplaudern? Nein es liegt zu weit vorn, wenn sie sich baden — *er geht in den Teich und wirft weit* — so jetzt — aber im Sommer wenn sie tauchen nach Muscheln, bah es wird rostig. Wer kann's erkennen — hätt ich es zerbrochen! Bin ich noch blutig? Ich muß mich waschen da ein Fleck und da noch einer.

25 Gerichtsdiener. Barbier. Arzt. Richter.

[GERICHTSDIENER:] Ein guter Mord, ein echter Mord, ein schön Mord, so schön als man ihn nur verlangen tun kann, wir haben schon lange so kein gehabt.

Additional Scenes

1 Der Hof des Doktors. Studenten unten, der Doktor am Dachfenster.

DOKTOR: Meine Herrn, ich bin auf dem Dach, wie David, als er die Bathseba sah; aber ich sehe nichts als die Culs de Paris der Mädchenpension im Garten trocknen. Meine Herrn wir sind an der wichtigen Frage über das Verhältnis des Subjekts zum Objekt, wenn wir nur eins von den Dingen nehmen, worin sich die organische Selbstaffirmation des Göttlichen, auf einem der hohen Standpunkte manifestiert, und ihre Verhältnisse zum Raum, zur Erde,

---

13. *tun* (dialect; omit in translation)   19. *David . . . Bathseba*   see 2 Samuel 11:2
20. *Culs de Paris*   (Fr.) woman's undergarment

zum Planetarischen untersuchen, meine Herrn, wenn ich diese Katze zum Fenster hinauswerf, wie wird diese Wesenheit sich zum Centrum gravitationis und dem eigenen Instinkt verhalten. He Woyzeck, *—brüllt—* Woyzeck!

WOYZECK: Herr Doktor sie beißt.

DOKTOR: Kerl, er greift die Bestie so zärtlich an, als wär's sei Großmutter.

WOYZECK: Herr Doktor ich hab's Zittern.

DOKTOR *ganz erfreut*: Ei, ei, schön Woyzeck. *Reibt sich die Hände. Er nimmt die Katze.* Was seh' ich meine Herrn, die neue Spezies Hasenlaus, eine schöne Spezies. *Er zieht eine Lupe heraus.* Ricinus, meine Herrn. *Die Katze läuft fort.* Meine Herrn, das Tier hat kein wissenschaftlichen Instinkt. Meine Herrn, Sie können dafür was anders sehen, sehn Sie der Mensch, seit einem Vierteljahr ißt er nichts als Erbsen, beachten Sie die Wirkung, fühlen Sie einmal was ein ungleicher Puls, da und die Augen.

WOYZECK: Herr Doktor es wird mir dunkel. *Er setzt sich.*

DOKTOR: Courage Woyzeck noch ein paar Tage, und dann ist's fertig, fühlen Sie meine Herrn fühlen Sie *—sie betasten ihm Schläfe, Puls und Busen—* à propos, Woyzeck, beweg den Herrn doch einmal die Ohren, ich hab es Ihnen schon zeigen wollen, zwei Muskeln sind bei ihm tätig. Allons frisch!

WOYZECK: Ach Herr Doktor!

DOKTOR: Bestie, soll ich dir die Ohren bewegen; willst du's machen wie die Katze. So meine Herrn, das sind so Übergänge zum Esel, häufig auch in Folge weiblicher Erziehung und die Muttersprache. Wieviel Haare hat dir die Mutter zum Andenken schon ausgerissen aus Zärtlichkeit? Sie sind dir ja ganz dünn geworden, seit ein paar Tagen, ja die Erbsen, meine Herren.

---

3. *Centrum gravitationis* center of gravity 4. *Meine Herrn wir sind . . . verhalten* (Here Büchner appears to be parodying the style of one of his anatomy professors at the University of Gießen.) 12. *Hasenlaus* rabbit louse (Latin name: Ricinus) 22. *à propos* (Fr.) by the way 25. *allons* [Fr.] *frisch!* get on with it!

2 *Der Idiot. Das Kind. Woyzeck.*

KARL *hält das Kind vor sich auf dem Schoß*: Der is in's
Wasser gefallen, — der is in's Wasser gefallen, wie, der is
in's Wasser gefallen.
WOYZECK: Bub, Christian, —
KARL *sieht ihn starr an*: Der is in's Wasser gefallen, —
WOYZECK *will das Kind liebkosen, es wendet sich weg und
schreit*: Herrgott!
KARL: Der is in's Wasser gefallen.
WOYZECK: Christianche, du bekommst en Reuter, sa, sa.
Das Kind wehrt sich. Zu Karl: Da kauf dem Bub en
Reuter, —
KARL *sieht ihn starr an*.
WOYZECK: Hop! Hop! Roß!
KARL *jauchzend*: Hop! Hop! Roß! Roß! *Läuft mit dem
Kind weg*.

Early Draft of Scene 9

DOKTOR: Ei guten Morgen, Herr Hauptmann. *Den Hut
und Stock schwingend*. Kikeriki! Freut mich! Freut
mich! *Hält ihm den Hut hin*. Was ist das Herr Hauptmann, das ist Hohlkopf. Hä?
HAUPTMANN *macht eine Falte*: Was ist das Herr Doktor,
das ist 'ne Einfalt! Hähähä! Aber nichts für ungut. Ich
bin ein guter Mensch — aber ich kann auch wenn ich will
Herr Doktor, hähäh, wenn ich will. He Woyzeck, was
hetzt Er sich so an mir vorbei. Bleib Er doch Woyzeck,
Er läuft ja wie ein offnes Rasiermesser durch die Welt,
man schneidt sich an Ihm, Er läuft als hätt Er ein Regiment Kosaken zu rasieren . . . aber, über die langen

10. *Reuter: Reiter* rider (either a hobbyhorse or possibly a cookie in the shape of a rider) 20. *Freut mich!* Happy to meet you! 21. *Hohlkopf . . . Einfalt* (see notes to Scene 9) 23. *nichts für ungut* no harm meant 29. *Kosaken* Cossacks (uncertain reading)

Bärte, was — wollt ich doch sagen? Woyzeck — die langen Bärte . . .

DOKTOR: Ein langer Bart unter dem Kinn, schon Plinius spricht davon, man muß es den Soldaten abgewöhnen . . .

HAUPTMANN *fährt fort*: Hä? Über die langen Bärte? Wie is Woyzeck hat Er noch nicht ein Haar aus einem Bart in seiner Schüssel gefunden? He Er versteht mich doch, ein Haar von einem Menschen, vom Bart eines Sapeur, eines Unteroffizier, eines — eines Tambourmajor? He Woyzeck? Aber Er hat eine brave Frau. Geht Ihm nicht wie andern.

WOYZECK: Jawohl! Was wollen Sie sagen Herr Hauptmann?

HAUPTMANN: Was der Kerl ein Gesicht macht! Er muß nun auch nicht in der Suppe, aber wenn Er sich eilt und um die Eck geht, so kann Er vielleicht noch auf ein Paar Lippen eins finden, ein Paar Lippen, Woyzeck, ich habe auch die Liebe gefühlt, Woyzeck. Kerl Er ist ja kreideweiß.

WOYZECK: Herr Hauptmann, ich bin ein arm Teufel, — und hab sonst nichts auf der Welt Herr Hauptmann, wenn Sie Spaß machen —

HAUPTMANN: Spaß ich, daß dich Spaß, Kerl!

DOKTOR: Den Puls Woyzeck, den Puls, klein, hart hüpfend, ungleich.

WOYZECK: Herr Hauptmann, die Erd ist höllenheiß, mir eiskalt, eiskalt, die Hölle ist kalt, wollen wir wetten. Unmöglich, Mensch! Mensch! unmöglich.

HAUPTMANN: Kerl, will Er erschossen werden, will Er ein paar Kugeln vor den Kopf haben? Er ersticht mich mit sei Auge, und ich mein es gut mit Ihm, wiel Er ein guter Mensch ist Woyzeck, ein guter Mensch.

DOKTOR: Gesichtsmuskeln starr, gespannt, zuweilen hüpfend, Haltung gespannt.

---

3. *Plinius* Pliny the Elder (23-79 A.D.), Roman scholar. Büchner may have meant instead the Greek biographer and historian Plutarch (46?-119? A.D.), who reported that Alexander the Great ordered his soldiers to shave off their beards in order to prevent their enemies from grasping them in battle. 6. *is: ist es* 9. *Sapeur* (Fr.) sapper, military engineer 24. *daß dich Spaß* i.e., who do you think you are? 31. *vor den Kopf: im Kopf*

WOYZECK: Ich geh! Es ist viel möglich. Der Mensch! Es ist viel möglich. Wir habe schön Wetter Herr Hauptmann. Sehn Sie, so ein schön, festen grauen Himmel, man könnte Lust bekomm, ein Kloben hineinzuschlagen und sich daran zu hänge, nur wege des Gedankenstrichels zwischen ja — und nein, ja — und nein, Herr Herr Hauptmann ja und nein? Ist das Nein am Ja oder das Ja am Nein schuld. Ich will drüber nachdenke — *Geht mit breiten Schritten ab, erst langsam, dann immer schneller.*
DOKTOR *schießt ihm nach*: Phänomen, Woyzeck, Zulage.
HAUPTMANN: Mir wird ganz schwindlig vor den Menschen, wie schnell, der lange Schlingel greift aus, es läuft der Schatten von einem Spinnbein. Und der Kurze, das zuckelt. Der Lange ist der Blitz und der Kleine der Donner. Haha, hinterdrein. Das hab' ich nicht gern! Ein guter Mensch ist dankbar und hat sei Leben lieb, ein guter Mensch hat keine Courage nicht! Ein Hundsfott hat Courage! Ich bin bloß in Krieg gegangen um mich in meiner Liebe zum Leben zu befestigen . . . Grotesk! Grotesk!

---

10. *schießt ihm nach* races after him   12. *greift aus* runs ahead   13. *Spinnbein: Spinne* spider   17. *keine Courage nicht: keine Courage*

Büchner on Society and Politics

Direct evidence of Georg Büchner's *Weltanschauung* is scanty: his diary is lost, his letters exist in the main only as excerpts published by his brother Ludwig in 1850, and all else must be derived indirectly from his writings and from the testimony of those who knew him. Nevertheless, enough remains to show that he was an eloquent, unusually perceptive observer of social conditions and that he remained committed to his political goals even as a refugee. His opinions place him within a current of political ideology that begins with the French Revolution and culminates in the writings of Karl Marx and Friedrich Engels. Not only did he protest against the oppression of peasants and workers by the aristocracy and its minions, but he also opposed the reformist activities of the "Young German" movement, which included Karl Gutzkow, Ludwig Börne, and Heinrich Heine. Their premise of a revolution originating with the educated classes was meaningless to him because it ignored what he considered to be the fundamental rift in modern society: the antagonism between rich and poor. The masses were to be reached not by agitating for constitutional reform but by appealing to their material needs. He put his theories into practice in his contribution to *Der Hessische Landbote*, where he outlined the economic realities existing in the state of Hesse — a backward, agrarian country whose peasants were plagued by famine and high taxes.

Weidig edited Büchner's portion of the *Landbote*, replacing references to "die Reichen" with "die Vornehmen," presumably to avoid antagonizing Weidig's middle-class allies. Since the original drafts of the pamphlet are lost, one cannot determine with absolute certainty who wrote what. It has often been claimed that the *Landbote* was a failure, because several accomplices were arrested and numerous copies turned up in the hands of the police. Other evidence indicates, however, that many who received it were deeply impressed by it. Be that as it may, Büchner knew well enough that one pamphlet does not a revolution make, and given the factional differences within antigovernment forces, belief in an immediate upheaval was blind folly. "Hoffen wir auf die Zeit!" he wrote in 1835. During exile he kept himself well-informed about political events, and even during his terminal illness he expressed concern about his friends and allies suffering in German jails.

His famous "Fatalismus-Brief" to Minna Jaeglé (p. 35) was written, remarkably enough, at the time when he was preparing his draft of the *Landbote*. This letter, a portion of which reappears in *Dantons Tod*, is often interpreted as Büchner's permanent farewell to political concerns, as an affirmation of proto-existentialist despair. Depressed and lonely as he is, he indeed does not wish for the moment to pursue this fatalistic "Gedanke" any further. But as his literary works-to-come testify, he grapples with it time and again from a variety of perspectives, without ever lapsing into stagnant, cynical resignation.

Excerpts from Büchner's letters

An die Familie   Straßburg, den 5. April 1833

... Meine Meinung ist die: Wenn in unserer Zeit etwas helfen soll, so ist es *Gewalt*. Wir wissen, was wir von unseren Fürsten zu erwarten haben. Alles, was sie bewilligten, wurde ihnen durch die Notwendigkeit abgezwungen. ... Man wirft den jungen Leuten den Gebrauch der Gewalt vor. Sind wir denn aber nicht in einem ewigen Gewaltzustand? Weil wir im Kerker geboren und großgezogen sind, merken wir nicht mehr, daß wir im Loch stecken mit angeschmiedeten Händen and Füßen und einem Knebel im Munde. Was nennt Ihr denn *gesetzlichen* Zustand? Ein Gesetz, das die große Masse der Staatsbürger zum fronenden Vieh macht, um die unnatürlichen Bedürfnisse einer unbedeutenden und verdorbenen Minderzahl zu befriedigen? Und dies Gesetz, unterstützt durch eine rohe Militärgewalt und durch die dumme Pfiffigkeit seiner Agenten, dies Gesetz ist eine *ewige, rohe Gewalt*, angetan dem Recht und der gesunden Vernunft, und ich werde mit *Mund* und *Hand* dagegen kämpfen, wo ich kann. Wenn ich an dem, was geschehen, keinen Teil genommen und an dem, was vielleicht geschieht, *keinen Teil* nehmen werde, so geschieht es weder aus Mißbilligung, noch aus Furcht, sondern nur weil ich im gegenwärtigen Zeitpunkt jede revolutionäre Bewegung als eine vergebliche Unternehmung betrachte und nicht die Verblendung derer teile, welche in den Deutschen ein zum Kampf für sein Recht bereites Volk sehen.

---

10. *Loch* i.e., jail   18. *angetan* insulting

An die Familie Straßburg, im Juni 1833

... Ich werde zwar immer meinen Grundsätzen gemäß handeln, habe aber in *neuerer* Zeit gelernt, daß nur das notwendige Bedürfnis der großen Masse Umänderungen herbeiführen kann, daß alles Bewegen und Schreien der *Einzelnen* vergebliches Torenwerk ist. Sie schreiben, man liest sie nicht; sie schreien — man hört sie nicht; sie handeln, man hilft ihnen nicht.

An die Familie Gießen, im Februar 1834

... Ich verachte *niemanden*, am wenigsten wegen seines Verstandes oder seiner Bildung, weil es in niemands Gewalt liegt, kein Dummkopf oder kein Verbrecher zu werden, — weil wir durch gleiche Umstände wohl alle gleich würden, und weil die Umstände außer uns liegen. Der Verstand nun gar ist nur eine sehr geringe Seite unsers geistigen Wesens und die Bildung nur eine sehr zufällige Form desselben. Wer mir eine solche Verachtung vorwirft, behauptet, daß ich einen Menschen mit Füßen träte, weil er einen schlechten Rock anhätte.... Ich kann jemanden einen Dummkopf nennen, ohne ihn deshalb zu *verachten*; die Dummheit gehört zu den allgemeinen Eigenschaften der menschlichen Dinge; für ihre Existenz kann ich nichts, es kann mir aber niemand wehren, alles, was existiert, bei seinem Namen zu nennen und dem, was mir unangenehm ist, aus dem Wege zu gehen. ... Man nennt mich einen *Spötter*. Es ist wahr, ich lache oft, aber ich lache nicht darüber, *wie* jemand ein Mensch, sondern nur darüber, *daß* er ein Mensch ist, wofür er ohnehin nichts kann, und lache dabei über mich selbst, der ich sein Schicksal teile. Die Leute nennen das Spott, sie vertragen es nicht, daß

6. *Torenwerk* folly

man sich als Narr produziert und sie duzt; sie sind Verächter, Spötter und Hochmütige, weil sie die Narrheit nur *außer sich* suchen. Ich habe freilich noch eine Art von Spott, es ist aber nicht der der Verachtung, sondern der des Hasses. Der Haß ist so gut erlaubt als die Liebe, und ich hege ihn im vollsten Maße gegen die, *welche verachten*. Es ist deren eine große Zahl, die im Besitze einer lächerlichen Äußerlichkeit, die man Bildung, oder eines toten Krams, den man Gelehrsamkeit heißt, die große Masse ihrer Brüder ihrem verachtenden Egoismus opfern. Der Aristokratismus ist die schändlichste Verachtung des heiligen Geistes im Menschen; gegen ihn kehre ich seine eigenen Waffen; Hochmut gegen Hochmut, Spott gegen Spott. —

Ihr würdet Euch besser bei meinem Stiefelputzer nach mir umsehen, mein Hochmut und Verachtung Geistesarmer und Ungelehrter fände dort wohl ihr bestes Objekt. Ich bitte, fragt ihn einmal . . . Ich hoffe noch immer, daß ich leidenden, gedrückten Gestalten mehr mitleidige Blicke zugeworfen, als kalten, vornehmen Herzen bittere Worte gesagt habe.

An die Braut [Gießen, im März 1834

. . . Ich studierte die Geschichte der Revolution. Ich fühlte mich wie zernichtet unter dem gräßlichen Fatalismus der Geschichte. Ich finde in der Menschennatur eine entsetzliche Gleichheit, in den menschlichen Verhältnissen eine unabwendbare Gewalt, Allen und Keinem verliehen. Der Einzelne nur Schaum auf der Welle, die Größe ein bloßer Zufall, die Herrschaft des Genies ein Puppenspiel, ein lächerliches Ringen gegen ein ehernes Gesetz, es zu erkennen das Höchste, es zu beherrschen unmöglich. Es fällt mir nicht mehr ein, vor den Paradegäulen und Eck-

---

1. *sich . . . produziert* to act, perform (like) 15. *Euch . . . nach mir umsehen* to find out about me 16. *Geistesarmer und Ungelehrter* those lacking in intelligence and education 18. *gedrückten* oppressed 19. *Blicke zugeworfen* cast glances at, looked at 21. *Revolution* the French Revolution 30. *Es fällt mir nicht mehr ein* I no longer intend

stehern der Geschichte mich zu bücken. Ich gewöhnte mein Auge ans Blut. Aber ich bin kein Guillotinenmesser. Das *muß* ist eins von den Verdammungsworten, womit der Mensch getauft worden. Der Ausspruch: es muß ja Ärgernis kommen, aber wehe dem, durch den es kommt, — ist schauderhaft. Was ist das, was in uns lügt, mordet, stiehlt? Ich mag dem Gedanken nicht weiter nachgehen. Könnte ich aber dies kalte und gemarterte Herz an Deine Brust legen!

An Wilhelm Büchner [Straßburg, 1835]

... Ich würde Dir das nicht sagen, wenn ich im entferntesten jetzt an die Möglichkeit einer politischen Umwälzung glauben könnte. Ich habe mich seit einem halben Jahre vollkommen überzeugt, daß nichts zu tun ist, und daß jeder, der *im Augenblicke* sich aufopfert, seine Haut wie ein Narr zu Markte trägt. Ich kann Dir nichts Näheres sagen, aber ich kenne die Verhältnisse, ich weiß, wie schwach, wie unbedeutend, wie zerstückelt die liberale Partei ist, ich weiß, daß ein zweckmäßiges, übereinstimmendes Handeln unmöglich ist und daß jeder Versuch auch nicht zum geringsten Resultate führt.

An Gutzkow [Straßburg, 1835 (?)]

... Die ganze Revolution hat sich schon in Liberale und Absolutisten geteilt und muß von der ungebildeten und armen Klasse aufgefressen werden; das Verhältnis zwischen Armen und Reichen ist das einzige revolutionäre Element in der Welt, der Hunger allein kann die Freiheitsgöttin,

1. *Paradegäulen und Eckstehern* parade horses and pillars; i.e., prominent figures 3. *Verdammungsworten* curses 5. *wehe dem* "woe to that man" *es muß ... kommt* see Matthew 18:7 12. *im entferntesten* in the slightest 16. *seine Haut ... zu Markte trägt* risks his life *Näheres* specific details 24. *Absolutisten* monarchists

und nur ein Moses, der uns die sieben ägyptischen Plagen
auf den Hals schickte, könnte ein Messias werden. Mästen
Sie die Bauern, und die Revolution bekommt die Apoplexie.

An die Familie   Straßburg, den 1. Januar 1836

. . . Ich komme vom Christkindelsmarkt, überall Haufen
zerlumpter, frierender Kinder, die mit aufgerissenen Augen
und traurigen Gesichtern vor den Herrlichkeiten aus Wasser
und Mehl, Dreck und Goldpapier standen. Der Gedanke,
daß für die meisten Menschen auch die armseligsten
Genüsse und Freuden unerreichbare Kostbarkeiten sind,
machte mich sehr bitter.

An Gutzkow   Straßburg [1836]

. . . Übrigens, um aufrichtig zu sein, Sie und Ihre Freunde
scheinen mir nicht grade den klügsten Weg gegangen zu
sein. Die Gesellschaft mittelst der *Idee*, von der *gebildeten*   15
Klasse aus reformieren? Unmöglich! Unsere Zeit ist rein
materiell, wären Sie je direkter politisch zu Werke gegangen, so wären Sie bald auf den Punkt gekommen, wo
die Reform von selbst aufgehört hätte. Sie werden nie über
den Riß zwischen der gebildeten und ungebildeten Gesell-   20
schaft hinauskommen.
   Ich habe mich überzeugt, die gebildete und wohlhabende
Minorität, so viel Konzessionen sie auch von der Gewalt
für sich begehrt, wird nie ihr spitzes Verhältnis zur großen
Klasse aufgeben wollen. Und die große Klasse selbst? Für   25
sie gibt es nur zwei Hebel, materielles Elend und *religiöser*
Fanatismus. Jede Partei, welche diese Hebel anzusetzen

---

1. *Moses . . . Plagen* see Exodus 7-11 (actually there were ten plagues)   2. *uns . . .*
auf den Hals schickte brought down on our heads   5. *Christkindelsmarkt*
Christmas fair   6. *mit aufgerissenen Augen* wide-eyed   24. *spitzes* antagonistic

versteht, wird siegen. Unsere Zeit braucht Eisen und Brot
— und dann ein *Kreuz* oder sonst so was. Ich glaube, man
muß in sozialen Dingen von einem absoluten *Rechts*grund-
satz ausgehen, die Bildung eines neuen geistigen Lebens im
Volk suchen und die abgelebte moderne Gesellschaft zum
Teufel gehen lassen. Zu was soll ein Ding wie diese
zwischen Himmel und Erde herumlaufen? Das ganze
Leben derselben besteht nur in Versuchen, sich die entsetz-
lichste Langeweile zu vertreiben. Sie mag aussterben, das
ist das einzig Neue, was sie noch erleben kann.

4. *Rechtsgrundsatz*   legal principle

Der Hessische Landbote
Georg Büchner and
Friedrich Ludwig Weidig

Excerpts

ERSTE BOTSCHAFT

Darmstadt, im Juli 1834

Vorbericht

Dieses Blatt soll dem hessischen Lande die Wahrheit melden, aber wer die Wahrheit sagt, wird gehenkt, ja sogar der, welcher die Wahrheit liest, wird durch meineidige Richter vielleicht gestraft. Darum haben die, welchen dies Blatt zukommt, folgendes zu beobachten:
1) Sie müssen das Blatt sorgfältig außerhalb ihres Hauses vor der Polizei verwahren;
2) sie dürfen es nur an treue Freunde mitteilen;
3) denen, welchen sie nicht trauen, wie sich selbst, dürfen sie es nur heimlich hinlegen;
4) würde das Blatt dennoch bei einem gefunden, der es gelesen hat, so muß er gestehen, daß er es eben dem Kreisrat habe bringen wollen;
5) wer das Blatt nicht gelesen hat, wenn man es bei ihm findet, der ist natürlich ohne Schuld.

Friede den Hütten! Krieg den Palästen!

Im Jahr 1834 siehet es aus, als würde die Bibel Lügen gestraft. Es sieht aus, als hätte Gott die Bauern und Handwerker am 5ten Tage, und die Fürsten und Vornehmen am 6ten gemacht, und als hätte der Herr zu diesen gesagt: Herrschet über alles Getier, das auf Erden kriecht, und hätte die Bauern und Bürger zum Gewürm gezählt. Das Leben der Vornehmen ist ein langer Sonntag, sie wohnen in schönen Häusern, sie tragen zierliche Kleider, sie haben feiste Gesichter und reden eine eigne Sprache; das Volk aber liegt vor ihnen wie Dünger auf dem Acker. Der Bauer geht hinter dem Pflug, der Vornehme aber geht hinter ihm und dem Pflug und treibt ihn mit den Ochsen am Pflug, er nimmt das Korn und läßt ihm die Stoppeln. Das Leben des Bauern ist ein langer Werktag; Fremde verzehren seine Äcker vor seinen Augen, sein Leib ist eine Schwiele, sein Schweiß ist das Salz auf dem Tische des Vornehmen.

Im Großherzogtum Hessen sind 718,373 Einwohner, die geben an den Staat jährlich an 6,363,364 Gulden. . . . Dies Geld ist der Blutzehnte, der von dem Leib des Volkes genommen wird. An 700,000 Menschen schwitzen, stöhnen und hungern dafür. Im Namen des Staates wird es erpreßt, die Presser berufen sich auf die Regierung und die Regierung sagt, das sei nötig die Ordnung im Staat zu erhalten. Was ist denn nun das für gewaltiges Ding: der Staat? Wohnt eine Anzahl Menschen in einem Land und es sind Verordnungen oder Gesetze vorhanden, nach denen jeder sich richten muß, so sagt man, sie bilden einen Staat. Der Staat also sind *Alle*; die Ordner im Staate sind die Gesetze, durch welche das Wohl *Aller* gesichert wird, und die aus dem Wohl Aller hervorgehen sollen. — Seht nun, was man in dem Großherzogtum aus dem Staat gemacht hat; seht was es heißt: die Ordnung im Staate erhalten! 700,000 Menschen bezahlen dafür 6 Millionen, d.h. sie werden zu Ackergäulen und Pflugstieren gemacht, damit sie in

2. *würde . . . Lügen gestraft* had been given the lie 5. *Herrschet . . . kriecht* see Genesis 1:26 19. *Blutzehnte* blood-tithe

Ordnung leben. In Ordnung leben heißt hungern und geschunden werden. Wer sind denn die, welche diese Ordnung gemacht haben, und die wachen, diese Ordnung zu erhalten? Das ist die Großherzogliche Regierung. Die Regierung wird gebildet von dem Großherzog und seinen obersten Beamten. Die andern Beamten sind Männer, die von der Regierung berufen werden, um jene Ordnung in Kraft zu erhalten. Ihre Anzahl ist Legion.... Das Volk ist ihre Herde, sie sind seine Hirten, Melker und Schinder; sie haben die Häute der Bauern an, der Raub der Armen ist in ihrem Hause; die Tränen der Witwen und Waisen sind das Schmalz auf ihren Gesichtern; sie herrschen frei und ermahnen das Volk zur Knechtschaft. Ihnen gebt ihr 6,000,000 fl. Abgaben; sie haben dafür die Mühe, euch zu regieren; d.h. sich von euch füttern zu lassen und euch eure Menschen- und Bürgerrechte zu rauben. Sehet, was die Ernte eures Schweißes ist.

Für das Ministerium des Innern und der Gerechtigkeitspflege werden bezahlt 1,110,607 Gulden. Dafür habt ihr einen Wust von Gesetzen, zusammengehäuft aus willkürlichen Verordnungen aller Jahrhunderte, meist geschrieben in einer fremden Sprache. Der Unsinn aller vorigen Geschlechter hat sich darin auf euch vererbt, der Druck, unter dem sie erlagen, sich auf euch fortgewälzt. Das Gesetz ist das Eigentum einer unbedeutenden Klasse von Vornehmen und Gelehrten, die sich durch ihr eignes Machwerk die Herrschaft zuspricht. Diese Gerechtigkeit ist nur ein Mittel, euch in Ordnung zu halten, damit man euch bequemer schinde; sie spricht nach Gesetzen, die ihr nicht versteht, nach Grundsätzen, von denen ihr nichts wißt, Urteile, von denen ihr nichts begreift. Unbestechlich ist sie, weil sie sich gerade teuer genug bezahlen läßt, um keine Bestechung zu brauchen.... Die Justiz ist in Deutschland

---

4. *wachen* watch over 15. *fl.: Florine* = *Gulden* 26. *unbedeutenden* Büchner means insignificant in number (and probably intelligence)

seit Jahrhunderten die Hure der deutschen Fürsten. Jeden Schritt zu ihr müßt ihr mit Silber pflastern, und mit Armut und Erniedrigung erkauft ihr ihre Sprüche. Denkt an das Stempelpapier, denkt an euer Bücken in den Amtsstuben, und euer Wachestehen vor denselben. . . . Ihr dürft euern Nachbar verklagen, der euch eine Kartoffel stiehlt; aber klagt einmal über den Diebstahl, der von Staatswegen unter dem Namen von Abgabe und Steuern jeden Tag an eurem Eigentum begangen wird, damit eine Legion unnützer Beamten sich von eurem Schweiße mästen: klagt einmal, daß ihr der Willkür einiger Fettwänste überlassen seid und daß diese Willkür Gesetz heißt, klagt, daß ihr die Ackergäule des Staates seid, klagt über eure verlorne Menschenrechte: Wo sind de Gerichtshöfe, die eure Klage annehmen, wo die Richter, die rechtsprächen? . . .

Für das Ministerium der Finanzen 1,551,502 fl. . . .

Dafür wird der Ertrag eurer Äcker berechnet und eure Köpfe gezählt. Der Boden unter euren Füßen, der Bissen zwischen euren Zähnen ist besteuert. Dafür sitzen die Herren in Fräcken beisammen und das Volk steht nackt und gebückt vor ihnen, sie legen die Hände an seine Lenden und Schultern und rechnen aus, wie viel es noch tragen kann, und wenn sie barmherzig sind, so geschieht es nur, wie man ein Vieh schont, das man nicht so sehr angreifen will.

Für das Militär wird bezahlt 914,820 Gulden.

Dafür kriegen eure Söhne einen bunten Rock auf den Leib, ein Gewehr oder eine Trommel auf die Schulter und dürfen jeden Herbst einmal blind schießen. . . . Für jene 900,000 Gulden müssen eure Söhne den Tyrannen schwören und Wache halten an ihren Palästen. Mit ihren Trommeln übertäuben sie eure Seufzer, mit ihren Kolben zerschmettern sie euch den Schädel, wenn ihr zu denken wagt, daß ihr freie Menschen seid. Sie sind die gesetzlichen Mörder, welche die gesetzlichen Räuber schützen. . . .

4. *Stempelpapier* forms to be stamped 5. *Wachestehen* sentry duty; that is, standing in wait for a long time 7. *von Staatswegen* on behalf of the state 11. *überlassen* subject (to) 25. *angreifen* wear out 29. *blind schießen* shoot blanks

4. Für das Staatsministerium und den Staatsrat 174,600 Gulden.

Die größten Schurken stehen wohl jetzt allerwärts in Deutschland den Fürsten am nächsten, wenigstens im Großherzogtum: Kommt ja ein ehrlicher Mann in einen Staatsrat, so wird er ausgestoßen. Könnte aber auch ein ehrlicher Mann jetzo Minister sein oder bleiben, so wäre er, wie die Sachen stehn in Deutschland, nur eine Drahtpuppe, an der die fürstliche Puppe zieht und an dem fürstlichen Popanz zieht wieder ein Kammerdiener oder ein Kutscher oder seine Frau und ihr Günstling, oder sein Halbbruder — oder alle zusammen. Die Anstalten, die Leute, von denen ich bis jetzt gesprochen, sind nur Werkzeuge, sind nur Diener. Sie tun nichts in ihrem Namen, unter der Ernennung zu ihrem Amt, steht ein L. das bedeutet *Ludwig* von Gottes Gnaden und sie sprechen mit Ehrfurcht: »im Namen des Großherzogs.« Dies ist ihr Feldgeschrei, wenn sie euer Gerät versteigern, euer Vieh wegtreiben, euch in den Kerker werfen. Im Namen des Großherzogs sagen sie, und der Mensch, den sie so nennen, heißt: unverletzlich, heilig, souverän, königliche Hoheit. Aber tretet zu dem Menschenkinde und blickt durch seinen Fürstenmantel. Es ißt, wenn es hungert, und schläft wenn sein Auge dunkel wird. Sehet, es kroch so nackt und weich in die Welt, wie ihr und wird so hart und steif hinausgetragen, wie ihr, und doch hat es seinen Fuß auf eurem Nacken, hat 700,000 Menschen an seinem Pflug, hat Minister die verantwortlich sind, für das, was es tut, hat Gewalt über euer Eigentum durch die Steuern, die es ausschreibt, über euer Leben, durch die Gesetze, die es macht, es hat adlige Herrn und Damen um sich, die man Hofstaat heißt, und seine göttliche Gewalt vererbt sich auf seine Kinder mit Weibern, welche aus eben so übermenschlichen Geschlechtern sind. . . .

7. *jetzo: jetzt*   16. *Ludwig von Gottes Gnaden*   his official title was "Ludwig II., by the Grace of God Grandduke of Hesse"; he ruled from 1830-1848   22. *königliche Hoheit*   Royal Highness   30. *ausschreibt*   imposes

Denn was sind diese Verfassungen in Deutschland? Nichts als leeres Stroh, woraus die Fürsten die Körner für sich herausgeklopft haben. Was sind unsere Landtage? Nichts als langsame Fuhrwerke, die man einmal oder zweimal wohl der Raubgier der Fürsten und ihrer Minister in den Weg schieben, woraus man aber nimmermehr eine feste Burg für deutsche Freiheit bauen kann. Was sind unsere Wahlgesetze? Nichts als Verletzungen der Bürger- und Menschenrechte der meisten Deutschen. Denkt an das Wahlgesetz im Großherzogtum, wonach keiner gewählt werden kann, der nicht hoch begütert ist, wie rechtschaffen und gutgesinnt er auch sei. . . .

Hebt die Augen auf und zählt das Häuflein eurer Presser, die nur stark sind durch das Blut, das sie euch aussaugen und durch eure Arme, die ihr ihnen willenlos leihet. Ihrer sind vielleicht 10,000 im Großherzogtum und Eurer sind es 700,000 und also verhält sich die Zahl des Volkes zu seinen Pressern auch im übrigen Deutschland. Wohl drohen sie mit dem Rüstzeug und den Reisigen der Könige, aber ich sage euch: Wer das Schwert erhebt gegen das Volk, der wird durch das Schwert des Volkes umkommen. Deutschland ist jetzt ein Leichenfeld, bald wird es ein Paradies sein. Das deutsche Volk ist Ein Leib ihr seid ein Glied dieses Leibes. . . . Wann der Herr euch seine Zeichen gibt durch die Männer, durch welche er die Völker aus der Dienstbarkeit zur Freiheit führt, dann erhebet euch und der ganze Leib wird mit euch aufstehen.

1. *Verfassungen in Deutschland*   constitutions of individual German states
3. *herausgeklopft*   threshed   7. *eine feste Burg*   a mighty fortress (Luther)
17. *verhält sich*   is in proportion (to)   21. *Wer das Schwert . . . umkommen*   see Matthew 26:52   22. *Leichenfeld*   field of corpses   24. *Wann:* wenn

Büchner on Aesthetics

Discussions of Büchner's artistic principles have traditionally focused on a mere three passages: a brief dialogue between Camille Desmoulins and Georges Danton in Act II of *Dantons Tod* (not included here); Büchner's "defense" of this drama in his letter to his parents of July 28, 1835; and the "Kunstgespräch" in *Lenz*, a discourse on aesthetics during one of Lenz's more rational moments. In the latter, Büchner combines ideas from J.M.R. Lenz's essay, "Anmerkungen übers Theater" (1774) with his own anti-idealistic credo. Both believed that the poet must strive to imitate reality, instead of improving upon and thereby distorting it, as do idealistic poets, who create mere puppets devoid of life. The individual, no matter how insignificant or unattractive, must take precedence over philosophical abstractions. Lenz's best-known plays serve as models: *Der Hofmeister* (1774), which relates the misfortunes of an impoverished and exploited private tutor in a middle-class household, and *Die Soldaten* (1776), in which the seduction of a naive middle-class girl by an aristocratic officer leads to fatal consequences. Lenz's figures, like Büchner's, are not classical embodiments of ideas but are instead multidimensional, fundamentally unpredictable.

Büchner's concept of beauty appears to be based upon unaffected sincerity among human beings and upon a Goethean perception of nature as an endless metamorphosis of forms and images that art can never fully capture nor transmit. Unprejudiced observation, he insists, leaves one open to an infinity of sensory impressions and human truths. As such, his aesthetic has distinctly sociopolitical implications. He belittles Friedrich Schiller, who in Büchner's time had been stylized as a prophet of morality. Like Marx and Brecht after him, Büchner rejects the idealist assumption that moral betterment of the individual must precede the improvement of social conditions. Such idealists, he maintained, were elitists, apologists for the aristocracy, oppressors of the poor. A properly democratic form of art was obliged to reveal the truth of existing social relationships. Art therefore does not merely teach lessons, reinforce a moral code, or send us to the barricades; it enlightens us by challenging our intellect and sharpening our sensibilities, showing forces in conflict without necessarily foreseeing its resolution. In other words, it reveals a "Möglichkeit des Daseins."

45

An die Familie Straßburg, den 28. Juli 1835

... Was übrigens die sogenannte Unsittlichkeit meines Buchs angeht, so habe ich folgendes zu antworten: Der dramatische Dichter ist in meinen Augen nichts als ein Geschichtschreiber, steht aber *über* letzterem dadurch, daß er uns die Geschichte zum zweiten Mal erschafft und uns gleich unmittelbar, statt eine trockne Erzählung zu geben, in das Leben einer Zeit hinein versetzt, uns statt Charakteristiken Charaktere, und statt Beschreibungen Gestalten gibt. Seine höchste Aufgabe ist, der Geschichte, wie sie sich wirklich begeben, so nahe als möglich zu kommen. Sein Buch darf weder *sittlicher* noch *unsittlicher* sein als die *Geschichte selbst*; aber die Geschichte ist vom lieben Herrgott nicht zu einer Lektüre für junge Frauenzimmer geschaffen worden, und da ist es mir auch nicht übel zu nehmen, wenn mein Drama ebensowenig dazu geeignet ist.
... Der Dichter ist kein Lehrer der Moral, er erfindet und schafft Gestalten, er macht vergangene Zeiten wieder aufleben, und die Leute mögen dann daraus lernen, so gut, wie aus dem Studium der Geschichte und der Beobachtung dessen, was im menschlichen Leben um sie herum vorgeht. Wenn man *so* wollte, dürfte man keine Geschichte studieren, weil sehr viele unmoralische Dinge darin erzählt werden, müßte mit verbundenen Augen über die Gasse gehen, weil man sonst Unanständigkeiten sehen könnte, und müßte über einen Gott Zeter schreien, der eine Welt erschaffen, worauf so viele Liederlichkeiten vorfallen. Wenn man mir übrigens noch sagen wollte, der Dichter müsse die Welt nicht zeigen wie sie ist, sondern wie sie sein solle, so antworte ich, daß ich es nicht besser machen will, als der liebe Gott, der die Welt gewiß gemacht hat, wie sie sein soll. Was noch die sogenannten Idealdichter anbetrifft, so finde ich, daß sie fast nichts als Marionetten mit himmelblauen Nasen und affektiertem Pathos, aber nicht Menschen von Fleisch und Blut gegeben haben, deren Leid und Freude mich mitempfinden macht, und deren Tun und Handeln mir Abscheu oder Bewunderung einflößt. Mit einem Wort, ich halte viel auf Goethe oder Shakespeare, aber sehr wenig auf Schiller.

3. *meines Buchs* Büchner is referring to his play *Dantons Tod* 11. *sich ... begeben* happened 19. *macht ... aufleben* brings to life 26. *Zeter schreien* cry out against 32. *Idealdichter* idealistic or Classical poets 33. *anbetrifft: betrifft* concerns

Excerpt from Büchner's *Lenz*

... Über Tisch war Lenz wieder in guter Stimmung, man sprach von Literatur, er war auf seinem Gebiete . . . . Er sagte: Die Dichter, von denen man sage, sie geben die Wirklichkeit, hätten auch keine Ahnung davon, doch seien sie immer noch erträglicher als die, welche die Wirklichkeit verklären wollten. Er sagte: Der liebe Gott hat die Welt wohl gemacht wie sie sein soll, und wir können wohl nicht was Besseres klecksen, unser einziges Bestreben soll sein, ihm ein wenig nachzuschaffen. Ich verlange in allem — Leben, Möglichkeit des Daseins, und dann ist's gut; wir haben dann nicht zu fragen, ob es schön, ob es häßlich ist. Das Gefühl, daß was geschaffen sei, Leben habe, stehe über diesen beiden und sei das einzige Kriterium in Kunstsachen. Übrigens begegne es uns nur selten: in Shakespeare finden wir es und in den Volksliedern tönt es einem ganz, in Goethe manchmal entgegen. Alles Übrige kann man ins Feuer werfen. Die Leute können auch keinen Hundsstall zeichnen. Da wollte man idealistische Gestalten, aber alles, was ich davon gesehen, sind Holzpuppen. Dieser Idealismus ist die schmählichste Verachtung der menschlichen Natur. Man versuche es einmal und senke sich in das Leben des Geringsten und gebe es wieder in den Zuckungen, den Andeutungen, dem ganzen feinen, kaum bemerkten Mienenspiel; er hatte dergleichen versucht im »Hofmeister« und den »Soldaten«. Es sind die prosaischsten Menschen unter der Sonne; aber die Gefühlsader ist in fast allen Menschen gleich, nur ist die Hülle mehr oder weniger dicht, durch die sie brechen muß. Man muß nur Aug und Ohren dafür haben. Wie ich gestern neben am Tal hinaufging, sah ich auf einem Steine zwei Mädchen sitzen, die eine band ihre Haare auf, die andre

2. *Über: am*   15. *in Kunstsachen*   in matters of art   17. *tönt . . . entgegen*   resounds (toward)   19. *Hundsstall: Hundestall*   doghouse   25. *Mienenspiel*   gestures, expressions   *dergleichen*   such a thing   28. *Gefühlsader*   vein of feeling

half ihr, das goldne Haar hing herab, und ein ernstes bleiches Gesicht, und doch so jung, und die schwarze Tracht und die andre so sorgsam bemüht. Die schönsten, innigsten Bilder der altdeutschen Schule geben kaum eine Ahnung davon. Man möchte manchmal ein Medusenhaupt sein, um so eine Gruppe in Stein verwandeln zu können, und den Leuten zurufen. Sie standen auf, die schöne Gruppe war zerstört; aber wie sie so hinabstiegen, zwischen den Felsen war es wieder ein anderes Bild. Die schönsten Bilder, die schwellendsten Töne gruppieren, lösen sich auf. Nur eins bleibt: eine unendliche Schönheit, die aus einer Form in die andre tritt, ewig aufgeblättert, verändert. Man kann sie aber freilich nicht immer festhalten und in Museen stellen und auf Noten ziehen und dann Alt und Jung herbeirufen, und die Buben und Alten darüber radotieren und sich entzücken lassen. Man muß die Menschheit lieben, um in das eigentümliche Wesen jedes einzudringen; es darf einem keiner zu gering, keiner zu häßlich sein, erst dann kann man sie verstehen; das unbedeutendste Gesicht macht einen tieferen Eindruck als die bloße Empfindung des Schönen, und man kann die Gestalten aus sich heraustreten lassen, ohne etwas vom Äußeren hinein zu kopieren, wo einem kein Leben, keine Muskeln, kein Puls entgegen schwillt und pocht.

4. *der altdeutschen Schule*   German painters of the 15th and 16th centuries, including Albrecht Dürer   5. *Medusenhaupt*   head of a Medusa   10. *schwellensten*   most swelling; the richest   14. *auf Noten ziehen*   write (music) out in notes   16. *radotieren* to chatter   18. *jedes*   of each being   22. *aus sich heraustreten*   i.e., to come to life   24. *entgegen*   toward the viewer

Vocabulary

The vocabulary contains all items not glossed in Heinz Oehler, *Grundwortschatz Deutsch – Essential German – Allemand fondamental* (Stuttgart: Ernst Klett, 1980), excepting obvious cognates and words glossed in the notes. Weak masculine nouns are indicated as follows: der Affe, -n, -n.

A

die **Abgabe**, -n fee, tax
ab-gelebt decrepit, worn out
ab-gewöhnen to discontinue, break a habit
der **Abscheu** aversion, loathing
abscheulich abominable
ab-zwingen, a, u to wrest, force from
der **Acker**, ⸚ field
adlig noble
der **Affe**, -n, -n ape, monkey
der **Affekt**, -e strong emotion
die **Ahnung**, -en notion, idea
der **Akkord**, -e contract
allerwärts everywhere
allhier here
die **Amtstube**, -n office
das **Andenken**, - memory, remembrance
die **Andeutung**, -en intimation, trace
die **Anmerkung**, -en comment, note
an-schmieden to chain to something
an-setzen to move, operate
an-spannen to harness, hitch up
die **Anstalt**, -en institution
an-stecken to pin up
die **Anzahl**, -en number, quantity
der **Ärger** anger, irritation
sich **ärgern** to be angry, irritated
das **Ärgernis**, -se offense
armselig paltry, wretched
das **Arschloch**, ⸚er (slang) asshole
auf-blättern to unfold, open
auf-fahren, (ä), u, a to jump up, be startled
auf-fressen, (i), a, e to devour
sich **auf-führen** to behave
aufgedunsen bloated
sich **auf-lösen** to dissolve
sich **auf-opfern** to sacrifice oneself
aufrecht gehen, ging, gegangen to walk upright
sich **auf-richten** to sit up
aufrichtig honest, sincere
aus-blasen (ä), ie, a to blow out
ausgeprägt well-marked, distinctive
aus-plaudern to give away a secret
aus-rechnen to compute, calculate
aus-reißen, i, i to tear out
aus-rüsten to equip, furnish
aus-saugen, o, o to suck out
die **Äußerlichkeit**, -en superficiality
der **Ausspruch**, ⸚e utterance, dictum
aus-sterben, a, o to die out
aus-stoßen, (ö), ie, o to throw out, expel

B

barmherzig charitable, merciful
der **Bart**, ⸚e beard
beachten to notice, observe
bedanken to consider, think about
das **Bedürfnis**, -se need, necessity
befestigen to strengthen, secure
befriedigen to satisfy
begehen, beging, begangen to commit
begehren to desire
begreifen, i, i to comprehend
begütert wealthy
beherrschen to control

49

behüten to protect
beisammen-sitzen, a, e to sit together
berechnen to calculate
berufen, ie, u to appoint
sich berufen (auf), ie, u to refer to
die Beschäftigung, -en work, activity
beschämen to put to shame
der Beschluß, ⸚sse conclusion
die Beschreibung, -en description
besoffen (slang) drunk
sich bespiegeln to look at oneself in a mirror
die Bestechung, -en bribe
besteuern to tax
die Bestie beast
das Bestreben, - effort, goal
betasten to touch, feel
beten to pray
der Betrug, ⸚e guile, deceit
bewilligen to grant, agree to
die Bewunderung, -en admiration
der Bissen, - bite of food
die Blase, -n blister
blaß pale
blättern to leaf through a book
bleich pale
bleichen to whiten, bleach
blinken to flash, shine
die Blutwurst, ⸚e blood sausage
die Botschaft, -en message
die Braut, ⸚e bride, fiancée
brav honest, well-behaved
brüllen to roar
der Bube, -n, -n boy, lad
sich bücken to bow down
die Bude, -n booth (at a fair)
das Bürgerrecht, -e civil rights
der Bursche, -n, -n fellow, lad
der Busen, - chest, breast

D
das Dachfenster, - attic window
der Diebstahl, ⸚e larceny
der Diener, — servant
die Dienstbarkeit, -en bondage, servitude
die Dienstmagd, ⸚e servant girl
Donnerwetter! goddamn!
die Drahtpuppe, -n marionette
der Dreck dirt, junk
duftig fragrant
der Dünger, - manure
duzen to address a person as "du"

E
der Ehebruch, ⸚e adultery
ehern unbreakable
die Ehrfurcht reverence
ehrlich honest
ei! ah!
eigentümlich unique
sich eignen to be suitable
ein-dringen, a, u to penetrate
ein-flößen to fill with, infuse
ein-sehen, (ie), a, e to understand, realize
ein-teilen to organize, arrange
der Einwohner, - inhabitant
eitel vain, idle
das Elend poverty, deprivation
der Ellbogen, - elbow
sich empfehlen, a, o to take one's leave
die Empfindung, -en sensation, feeling
der Engel, - angel
entsetzlich horrible
entzücken to delight, overjoy
die Erbse, -n pea
sich erfreuen to rejoice, be elated
erheben, o, o to raise, take up
erkaufen to purchase, pay for
erleben to experience
erliegen, a e to succumb, fall victim to
ermahnen to exhort, warn
die Ernennung, -en appointment
die Erniedrigung, -en humiliation
erpressen to extort
erschaffen, u, a to create
sich erschöpfen to be exhausted
erschrecken to frighten
erstechen, a, o to stab
ersticken to choke
der Ertrag, ⸚e yield, output
erträglich bearable
ertrinken, a, u to drown
erwischen to catch
der Esel, - donkey, ass
ewig eternal
die Ewigkeit, -en eternity
explizieren to explain

F
die Falte, -n fold, crease
faul rotten, lazy
der Federbusch, ⸚e plumed helmet
feist plump, fat
das Feldgeschrei, -e battle cry
der Fettwanst, ⸚e potbelly

flechten, i, o to plait, braid
der **Fleck**, -e spot
der **Floh**, ⸚e flea
fort-pflanzen to propagate
fort-schreiten, i, i to progress, advance
der **Fortschritt**, -e progress
fort-wälzen to roll on
der **Frack**, ⸚e dress-coat
das **Frauenzimmer**, - (obs.) woman
die **Freiheitsgöttin**, -nen goddess of freedom
frohnen to toil
das **Fuhrwerk**, -e vehicle
der **Fürst**, -en, -en prince

G
gaffen to stare at
der **Garnisonsprediger**, - chaplain
die **Gasse**, -n alley
der **Gaul**, ⸚e horse
das **Gebüsch**, -e bushes, underbrush
der **Gedankenstrich**, -e dash
die **Geige**, -n violin
der **Geiger**, - violinist, fiddler
die **Gelehrsamkeit**, -en learning
gemäß according to
gemessen steady, deliberate
das **Genie**, -s genius
der **Genuß**, ⸚sse pleasure, delight
die **Gerechtigkeitspflege** justice
der **Gerichtsdiener**, - court clerk
der **Gerichtshof**, ⸚e court of law
der **Geschichtsschreiber**, - historian
das **Geschlecht**, -er race, generation
gespannt tense
das **Getier** animals
das **Getöse** thunderous noise
das **Gewürm** vermin
die **Gnade**, -n grace, mercy
der **Gottesdienst**, -e worship
göttlich divine
gräßlich terrible
greinen to cry
der **Groschen**, - penny
der **Großherzog**, -e Grand Duke
das **Großherzogtum**, ⸚er Grand Duchy
groß-ziehen, o, o to raise, bring up
der **Gulden**, - guilder, florin
der **Günstling**, -e favorite
gutgesinnt well-intentioned

H
das **Halsband**, ⸚er necklace

der **Handwerksbursche**, -n, -n journeyman
der **Harn** urine
der **Harnstoff**, -e urea
der **Hase**, -n, -n rabbit
der **Hass** hatred
der **Haufen**, - heap, crowd
der **Hauptmann**, -leute captain
der **Hebel**, - lever
hegen to cultivate
hei! hey!
die **Heide**, -n heath, moor
der **Heiland**, -e the Savior
heimlich secret
heio popeio (soothing lullaby words)
henken to hang a person
herbei-führen to cause, bring about
herbei-rufen, ie, u to summon
die **Herde**, -n flock
herein-treten, a, e to enter
die **Herrschaft**, -en mastery, authority
herrschen to rule
herum-wickeln to wrap around
hervor-ziehen, o, o to pull out
her-zählen to count
hinab down
hinfort again, henceforth
hinterdrein (to go) after (someone)
der **Hirt**, -en, -en shepherd
hochehrwürdig Reverend
der **Hochmut** arrogance
hochmütig arrogant
der **Hofmeister**, - private tutor
die **Hölle**, -n hell
die **Holzpuppe**, -n wooden puppet
hopsa! hey! whee!
der **Huf**, -e hoof
die **Hülle**, -n crust, shell
der **Hundsfott**, -e or ⸚er scoundrel
hüpfen to hop, jump
die **Hure**, -n whore
huren to whore

I
der **Igel**, - hedgehog
innig intimate, intense
das **Irdische** earthly things

J
jauchzen to cheer
juchhe! hurrah!
der **Jude**, -n, -n Jew

51

K
der **Käfer**, – beetle
die **Kaltblütigkeit**, -en cold-bloodedness
der **Kammerdiener**, – valet
die **Kaserne**, -n barracks
keck impudent
der **Kerker**, – prison
kikeriki! cock-a-doodle-doo!
das **Kinn**, -e chin
klecksen to scribble, scrawl
der **Kloben**, – a block of wood (holding a pulley)
der **Knebel**, – gag
die **Knechtschaft**, -en servitude
der **Kolben**, – club, gun-butt
der **König**, -e king
die **Königin**, -en queen
die **Kostbarkeit**, -en valuable object
krachen to crack
der **Kram** stuff, junk
kramen to rummage, fumble
kreideweiß white as chalk
der **Kreisrat**, ⸚e district council
die **Krone**, -n crown
das **Kürassierregiment**, -e or -er cavalry regiment
kurios strange, curious
der **Kuß**, ⸚sse kiss
der **Kutscher**, – coachman

L
lähmen to lame, paralyze
der **Landmann**, -leute peasant
der **Landtag**, -e legislature
die **Langeweile** boredom
die **Laterne**, -n lantern
lauter nothing but
das **Lazarett**, -e infirmary, military hospital
lehnen to lean
die **Lende**, -n loin, thigh
liebkosen to caress
der **Liebling**, -e darling, favorite
die **Liederlichkeit**, -en dissoluteness
die **Löhnung**, -en soldiers' pay
der **Löwe**, -n, -n lion
das **Luder**, – wretch, bitch
die **Lupe**, -n magnifying glass

M
das **Machwerk**, -e machination
die **Mädchenpension**, -en girls' boardinghouse

das **Mädel**, – or -s or -n girl
die **Magd**, ⸚e maid
das **Märchen**, – fairy tale
der **Marktschreier**, – showman
martern to torture, martyr
mästen to fatten
das **Maul**, ⸚er mouth
meineidig corrupt, perjured
meinetwegen I don't care
der **Melker**, – milker
der **Messias** Messiah
die **Minderzahl**, -en minority
die **Mißbilligung**, -en disapproval
mitempfinden, a, u to sympathize
mittelst by means of
morden to murder
der **Morgentau**, -e morning dew
das **Mühlrad**, ⸚er mill wheel
die **Muschel**, -n clam, mussel

N
nach-schaffen, u, a to imitate, copy
das **Nachtessen**, – supper
nach-weisen, ie, ie to prove, demonstrate
der **Nacken**, – back of the neck
netzen to wet, bathe
das **Niesen**, – sneezing
nimmermehr never again
die **Notwendigkeit**, -en necessity

O
ohnehin anyhow
der **Ordner**, – regulator

P
der **Pfeifer**, – piper
pfiffig cunning, sly
die **Pfiffigkeit**, -en craftiness, cunning
pflastern to pave
pochen to beat
der **Popanz**, -e scarecrow, dummy
die **Posaune**, -n trombone, trumpet
predigen to preach
der **Presser**, -e extortionist, oppressor
probieren to try
prügeln to beat, thrash
der **Puls**, -e pulse
das **Pulver**, – powder, drug
die **Puppe**, -n doll, puppet
das **Puppenspiel**, -e puppet play

R
der **Raub** spoils, plunder
rauben to rob
der **Räuber**, - thief
die **Raubgier** rapacity
rechtschaffen upright, honest
recht-sprechen, (i), a, o to administer justice
sich recken to stretch out
das **Regenfaß**, ⸚sser rain barrel
der **Reisige, -n, -n** cavalryman
der **Riese, -n, -n** giant
das **Rind, -er** ox
ringen, a, u to wrestle
das **Ringen**, - struggle
der **Riß, -sse** rift, gulf
das **Roß, -sse** or ⸚sser horse
rostig rusty
das **Rüstzeug, -e** armaments

S
der **Säbel**, - sword
die **Salbe, -n** ointment
salben anoint
sapperment! hell!
der **Sargnagel**, ⸚ coffin nail
saufen, (äu), soff, gesoffen to drink, guzzle
der **Schädel**, - skull
schädlich harmful
die **Scham** shame
schändlich despicable
der **Schatz**, ⸚e sweetheart
schauderhaft terrifying
schaudern to shudder
es schaudert mich I shudder
der **Schaum**, ⸚e foam
schinden to oppress, fleece
der **Schinder**, - fleecer
die **Schläfe, -n** temple
der **Schlingel**, - rascal
schmählich disgraceful
das **Schmalz, -e** grease, fat
der **Schnaps**, ⸚e brandy
schonen to spare, treat with consideration
der **Schornstein, -e** chimney
der **Schoß**, ⸚e lap
der **Schreiner**, - carpenter
der **Schurke, -n, -n** rascal
der **Schuster**, - shoemaker
schwärmerisch rapturously emotional
der **Schweiß, -e** sweat
schwermütig melancholy

das **Schwert, -er** sword
die **Schwiele, -n** callus
schwindlig dizzy
schwören swear (allegiance to)
der **Segen**, - blessing
seinesgleichen one's own kind
sich senken to sink, immerse oneself
der **Seufzer**, - groan, sigh
sogleich immediately
der **Sonnenstrahl, -en** sunbeam
sorgsam careful
die **Spezies**, - species
der **Spott** ridicule, scoffing
der **Spötter**, - scoffer
spöttisch mocking
sprengen to blow up
der **Spruch**, ⸚e verdict, judgment
spüren to feel, notice
der **Staatsrat**, ⸚e state council
starr numb, transfixed
starren to stare
stechen, (i), a, o to stab
stecken to stick, put
steif stiff
die **Steuer, -n** tax
der **Stich, -e** stab, sting
der **Stiefelputzer**, - boot polisher
der **Stier, -e** steer, bull
die **Stirn, -en** forehead
stöhnen to moan
die **Stoppel, -n** stubble
strecken to extend
summen to hum, buzz
die **Sünde, -n** sin
sündigen to sin

T
der **Tambourmajor, -e** drum major
tauchen to dive, sink
taufen to baptize
der **Teich, -e** pond
der **Teufel**, - devil
die **Todsünde, -n** mortal sin
tot-schlagen, (ä), u, a to kill
die **Tracht, -en** dress
trauen to trust
treiben, ie, ie to drive (cattle)
die **Trommel, -n** drum
trommeln to drum
trompeten to trumpet
die **Tugend, -en** virtue
tugendhaft virtuous

53

U
übel-nehmen, (nimmt), a, o to blame, take amiss
übereinstimmend consistent
der Übergang, ¨e transition
übermenschlich superhuman
über-schnappen to go crazy
übertäuben to drown out
die Umänderung, -en change
umfassen to embrace
um-kommen, a, o to perish
um-stürzen to overturn
die Umwälzung, -en upheaval, revolution
unabwendbar inescapable, inevitable
die Unanständigkeit, -en indecency
unbedeutend insignificant
unbestechlich incorruptible
unerreichbar unattainable
ungebührlich indecent, unmannerly
ungeheuer immense, vast
ungleich uneven, unequal
unheimlich weird
unnütz useless
unselig damned, wretched
unsereins people like us
die Unsittlichkeit, -en immorality
unsterblich immortal
der Unteroffizier, -e sergeant
unterstützen to support
unterwerfen, (i), a, o subject, subordinate (to)
unverdorben unspoiled, innocent
unverletzlich inviolable
die Unzucht prostitution, lust

V
verachten to scorn
der Verächter, - scorner
die Verachtung, -en mockery, contempt
verantwortlich responsible
die Verblendung, -en blindness, delusion
verdammen to damn, condemn
verehrlich honored
vererben to bequeath, transmit
vergeblich vain, fruitless
das Vergißmeinnicht, -e forget-me-not
verhalten, (ä), ie, a to behave
das Verhältnis, -sse relationship
die Verhältnisse situation, circumstances
verklagen to sue, take legal action against
verklären to transfigure, idealize

verleihen, ie, ie to grant to
die Verletzung, -en injury, violation
die Vernunft reason, intellect
die Vernünftigkeit, -en reasonableness
die Verordnung, -en regulation
verraten, (ä), ie, a betray
verschüchtert intimidated
versetzen to transport, transplant
versteigern to auction off
verstimmt annoyed
vertragen, u, a to tolerate
vertraulich confiding, confidential
verwahren to preserve, keep
verwelken to wilt, wither
die Verwesung, -en decay
verzehren to consume
die Viehigkeit, -en bestiality, beastliness
viehisch bestial
voran in front
vorbei-hetzen to rush past
der Vorbericht, -e preface
vor-fallen, (ä), ie, a to happen
vor-gehen, -ging, -gegangen to occur
vor-haben to intend, plan to do
vornehm refined, elegant
vor-werfen, a, o to accuse

W
die Wache, -n watch, guard
die Wachtstube, -n guardroom
wahrhaftig truly, really
die Waise, -n orphan
sich wälzen to roll around
weg-treiben, ie, ie to drive off
wehren to prevent
sich wehren to resist
das Weib, -er woman, female
das Weibsbild, -er woman, wench
weissagen foretell, prophesy
der Weißbinder, - cooper or whitewasher
die Welle, -n wave
die Wesenheit, -en being, substance
wetten to bet
die Willkür whim, arbitrariness
willkürlich arbitrary
wippen to rock, seesaw
der Wirt, -e, die Wirtin, -nen innkeeper
das Wirtshaus, ¨er tavern, inn
die Witwe, -n widow
das Wohl welfare, well-being
wohlbekannt well-known
wohlfeil cheap
wohlhabend wealthy

wonach according to which
wund sore
der **Wurm, ⸚er** worm
der **Wust, ⸚e** chaos, tangle

Z

zärtlich tender, delicate
die **Zärtlichkeit, -en** tenderness, fondness
zehren to ruin one's health
die **Zeitverschwendung, -en** waste of time
zerlumpt ragged
zernichten to destroy, annihilate
zerschmettern to smash
zerstückelt fragmented
der **Ziehbrunnen, -** well

zierlich elegant
der **Zigeunerbube, -n, -n** gypsy boy
der **Zopf, ⸚e** braid
die **Zucht** breeding, race
zuckeln to trot along
zucken to twitch, quiver
die **Zuckung, -en** palpitation
der **Zufall, ⸚e** chance, coincidence
die **Zulage, -n** raise in salary
zu-rufen, ie, u to call out to
zusammen-häufen to accumulate
zu-schlagen, (ä), u, a to slam shut
zu-sprechen, a, o to award, grant
zweckmäßig purposeful, practical